Einaudi. Stile Libero Big

6698
24/08/2017
W0203522

Valerio Massimo Manfredi

Le inchieste del colonnello Reggiani

Einaudi

© 2015 Giulio Einaudi editore s.p.a., Torino

Pubblicato in accordo con Grandi & Associati Agenzia Letteraria, Milano.

Edizione realizzata in collaborazione con
l'Ente editoriale dell'Arma dei Carabinieri
in occasione del Bicentenario dei Carabinieri.

www.einaudi.it

ISBN 978-88-06-22390-8

Le inchieste del colonnello Reggiani

La Muta

Lo squillare insistente del telefono non era che un richiamo lontano, soltanto un suono anonimo dal ritmo regolare come il pesante respiro del sonno, poi, d'un tratto, si caricò di allarme strappando il colonnello Reggiani dalla sua spossata incoscienza. L'ufficiale allungò una mano verso il comodino cercando prima, a tentoni, l'interruttore dell'abat-jour, poi afferrò il ricevitore.

Dall'esterno gli giungeva, attutito, il rintocco della campana di San Luigi dei Francesi: due tocchi cupi e poi altri tre, piú leggeri, argentini.

– Comandante? – chiese una voce dall'altra parte.

Reggiani si sfregò gli occhi con la mano libera: – Caruso, sei tu? Ma lo sai che ora è?

– Comandante... – insistette la voce dall'altra parte.

– E lo sai quante ore ho dormito nelle ultime quarantotto?

– Comandante, hanno rubato *La Muta* di Raffaello.

– Stai scherzando, stai dando i numeri...

– Hanno preso anche la *Madonna di Senigallia* e la *Flagellazione di Cristo* di Piero della Francesca.

Ora il colonnello Reggiani era perfettamente lucido, aveva buttato da parte le coperte e appoggiato i piedi sul parquet della camera da letto. Si rendeva conto d'un tratto che tre assurdità di quelle proporzioni erano troppo incredibili per non essere vere. Raggiunse il pacchetto delle Marlboro e se ne accese una mentre un brivido gli percorreva la spina dorsale. La *Flagellazione* di Piero... una minuscola tavola vibrante di forza e carica di mistero... uno dei capolavori di portata planetaria schedati fra i pochissimi che in caso di catastrofe dovevano essere salvati a qualunque prezzo.

– Comandante, è sempre lí? – chiese ancora la voce dall'altra parte del filo.

– Quando è successo?

– Non so. Se ne sono accorti dieci minuti fa. Un custode che faceva il giro. Che facciamo? Faccio disporre posti di blocco? Forse è successo da poco... Urbino è piccola.

– Uno che ruba un Raffaello e due Piero è molto probabilmente un pazzo, ma di certo non è un cretino. A quest'ora hanno messo tutto al sicuro. Chi abbiamo laggiú?

– Carras.

– Bene. Voglio un rapporto preciso nei minimi particolari, i verbali di interrogatorio dei custodi e di chiunque si trovasse in zona. Voglio anche sapere come si può tenere un museo di quella stazza in modo che chiunque possa entrare e servirsi con tutto comodo. Se intanto si potesse denunciare qualcuno per negligenza e omissione d'atti d'ufficio, non sarebbe male. È ora che qualcuno cominci a prendersi delle responsabilità. Cavolo, un Raffaello e due Piero, fanculo!

– Comandante...

– Cos'altro c'è?
– Ho il signor ministro sull'altra linea.

Il maresciallo Carras era un sardo di Sassari, scuro come un tizzone, con due baffi di ghisa e due manacce come badili. Era probabile che non avesse mai messo piede in un museo in tutta la sua vita, ma comandava la stazione da tredici anni e conosceva i suoi polli. Uno per uno.

Reggiani gli stava di fronte con gli occhi pesti e il colorito terreo di chi non ricorda piú quando ha fatto l'ultima dormita decente. Indossava un giubbotto di montone rovesciato su un maglione nero e calzava gli stivali militari sotto i pantaloni di flanella grigia. Aspirò una profonda boccata dalla Marlboro e la brace arretrò rapidamente fino a lambire il filtro. – Di qua o forestieri? – chiese, gettando poi il mozzicone e schiacciandolo sotto il tacco dello stivale.

Carras restò qualche attimo in silenzio tormentandosi la punta dei baffi, poi disse: – Per me sono di qua, ma sono soltanto dei manovali. Dietro ci dev'essere un pezzo da novanta, se dice che è come rubare il Colosseo.

– Già, – fece Reggiani. – Come rubare il Colosseo. Vedi, Carras, questo furto è cosí clamoroso che il mondo intero sta con il fiato sospeso: se non ritroviamo quei quadri è come se una bomba avesse distrutto la Torre di Pisa, come se la basilica di San Marco fosse sprofondata nella laguna. Sarebbe una perdita irreparabile, capisci?

Il paragone della Torre di Pisa aveva sortito il suo effetto: il maresciallo Carras era ora realmente conscio della portata della minaccia. Non era il tipo d'uomo per il quale i quadri (a parte Gesucristo, i santi e le Madonne, ché quelli, si sa, servono per la devozione della gente) siano cosí importanti da non potersene fare a meno, o meglio, non si era mai posto davvero il problema, ma se il comandante diceva che era come perdere la Torre di Pisa, bisognava mettercela tutta.

L'archivio criminale che portava impresso nella mente stava già scorrendo scheda per scheda: poche facce patibolari di individui pericolosi e aggressivi, perlopiú poveri diavoli pronti a vendersi al migliore offerente per campare alla giornata, balordi senz'arte né parte e qualche professionista dall'occhio esperto e dalla mano lesta.

– Per come la vedo io, – disse Reggiani, – chiunque sia il figlio di puttana che ha commissionato il colpo deve avere un responsabile in zona che conosce il valore di quei quadri e sa come trattarli. Io credo che i ladri che hanno fatto il colpo abbiano già incassato il loro compenso e se la stiano spassando da qualche parte. A quest'ora l'operazione è già alla sua seconda fase. Adesso c'è un intermediario che sta prendendo gli accordi per la spedizione definitiva, o in Italia, o all'estero. Ma direi all'estero, quasi sicuramente.

– Sono d'accordo, – disse il maresciallo. – Secondo me, stanare i ladri è come cercare un ago in un pagliaio: la manovalanza per questo genere di operazioni è abbondante e se non basta la fanno venire da fuori. Se invece miriamo all'intermediario, i casi son due: c'è un giro di gente che ruba nelle chiese e depreda i santuari e gli oratori fuori mano, e c'è un giro piú grosso che fa capo a un antiquario, un tale Salvini che ha diversi negozi in tutta la zona.

So che quelli della guardia di finanza se ne sono occupati qualche volta, ma non sono mai riusciti a incastrarlo. So anche che va spesso all'estero. Ora, visto che quella roba sta quasi tutta in Italia, mi sembra chiaro che all'estero ci va per vendere e non per comprare.

– Il tuo ragionamento non fa una piega, – disse Reggiani. – Già. Quella «roba», come la chiami tu, sta quasi tutta qui da noi. E noi, – aggiunse, – vogliamo fare in modo che ci resti.

– Ci vuole un «chiodo», comandante, di quelli buoni. Uno che sa parlare come loro, con soldi, bella macchina, niente accento.

– Ci avevo già pensato, – fece il colonnello Reggiani. – Fra un paio di giorni lo metto in pista: il tempo di lustrarlo bene a modo. Appena sarà in zona ti avvertirò e ti dirò anche come metterti in contatto con lui. Avrà bisogno del tuo appoggio. Tu, intanto, sta' in orecchio.

Il maresciallo si alzò in piedi per il saluto ma il colonnello Reggiani lo fermò con un gesto:

– Stai comodo, – gli disse, – mi farò vivo presto.

Uscí nel freddo pomeriggio invernale: sullo sfondo di un cielo bigio si levavano le torri del Palazzo dei Montefeltro e un volo di colombi roteava nel cielo con lento battito d'ali. In basso, la pianura era velata da una nebbiolina leggera e diafana sforata qua e là dalle vette dei cipressi e dai campanili delle chiesette di campagna. Il paesaggio di Piero. Dannazione, dannazione…

Alzò il bavero del montone, si ficcò le mani in tasca e avanzò verso il Palazzo Ducale lungo la via principale. Da un'osteria venivano le grida di incitamento di un gruppo di tifosi che guardavano una partita alla televisione, in una piazzetta laterale un gruppo di ragazzini tirava calci a una palla; nemmeno i giornali recavano la notizia, perché quando il furto era avvenuto erano già andati in macchina. Entrò in un bar e ordinò un caffè doppio.

Dal televisore, il mezzobusto di turno dava la notizia aprendo il telegiornale con faccia di circostanza.

«E adesso dirà che gli investigatori stanno seguendo una pista nel giro dei trafficanti d'arte», disse fra sé il colonnello Reggiani.

«Gli investigatori stanno indagando nel giro dei trafficanti di opere d'arte», disse infatti subito il mezzobusto.

«Grazie al cavolo, – mugugnò fra sé Reggiani, – e dove vuoi che indaghiamo, tra i farmacisti?»

Certo però che non era poi detto. Un antiquario. Troppo facile. Se questo Salvini era già in qualche modo tenuto d'occhio, è mai possibile che un committente cosí folle da far rubare tre dei quadri piú famosi del mondo si affidasse a un canale tanto precario? Eh, no. Bisognava cercare un giro diverso, un giro da grandi numeri ma duro, protetto, con complicità collaudate. Contrabbando. Perché no? Di droga. Di armi o... di preziosi, forse. Quello era il tipo di attività che poteva avere i canali adatti per trasferire i quadri.

Si accese una sigaretta e uscí nella strada. Poco distante si apriva una bella vetrina con la scritta *Antichità Salvini*: credenze, trumeau, poltrone a braccioli rivestite di broccati e di damaschi, quadri di gentiluomini, quadri di gentildonne, una Maddalena penitente con capelli sciolti e tette al vento. Angioletti in legno dorato. La solita roba. Si rimise in cammino fino a raggiungere l'Alfa nera che lo aveva portato a Urbino. Salí e formò un numero sul telefono di bordo: – Sono Reggiani, – disse appena ebbe avuto risposta, – passami il tenente Ferrario.

– Agli ordini, signor colonnello, – rispose poco dopo l'interpellato. – Che novità?

– Buio fitto, nemmeno uno spiraglio, dobbiamo andare per tentativi: tienti pronto a entrare in azione. Ho una mezza idea che il giro del contrabbando di preziosi potrebbe essere quello giusto.

– Preziosi, colonnello?

– Se si tratta di contrabbando è il settore piú affine, non ti pare? E poi, se ricordo bene, qui in zona c'è stato un certo traffico da qualche anno a questa parte. Potrebbe essere il canale di smistamento, capisci? Qui ci sono tre quadri che insieme valgono minimo venti miliardi. Non è roba da rigattieri. Non credo. Ci vediamo stasera.

– In pizzeria? – chiese Ferrario.

– Andata. Verso le otto.

Il colonnello Reggiani depose il telefono e ingranò la marcia scendendo verso la statale in direzione di Roma. All'orizzonte il velo di nubi si apriva lasciando passare gli ultimi raggi di sole e una brezza leggera percorreva la campagna dissipando la nebbia. Il verde intenso dei prati contrastava con la geometria scura delle vigne sui colli e con gli alberi ancora spogli e scheletriti nella pianura. Quelle immagini suscitavano nella sua mente, anziché ipotesi investigative, i fantasmi, le figure dei quadri scomparsi: il volto altero e algido della *Muta*, la soave maestà della Vergine di Senigallia, ma, soprattutto, gli inquietanti personaggi della *Flagellazione*, quel dramma sanguinoso rappresentato come sfondo, lontano e attutito, di una enigmatica conversazione di palazzo. Dov'erano ora quei personaggi? Chi condivideva con loro uno spazio troppo angusto e misero? Chi meditava di rinchiuderli per sempre, di riservarli alla contemplazione esclusiva di un inspiegabile egoismo?

Ma nessuno di quei personaggi poteva soccorrerlo, suggerirgli una possibile soluzione, nemmeno i tre gentiluomini della *Flagellazione*, troppo intenti e riservati: le loro parole non erano che un bisbiglio remoto, ormai spento dai secoli.

Lo sguardo gli cadde sulla foto della figlia sul cruscotto, con la tradizionale scritta «Non correre, papà». Ovviamente.

Le dedicava poco tempo, troppo poco, soprattutto perché aveva perso sua moglie, quattro anni prima, in un incidente stradale. Forse era stato per quello che i superiori lo avevano trasferito, da un corpo speciale di repressione della criminalità organizzata, al nucleo per la tutela del patrimonio artistico, forse pensavano che in quell'incarico piú tranquillo, meno pericoloso comunque, avrebbe potuto assorbire piú facilmente la botta.

Si erano sbagliati. Flavia gli mancava ancora di piú perché adesso la mente aveva piú tempo di pensare, perché il corpo, non piú impegnato nello scontro campale, sentiva piú forte il morso del desiderio e della malinconia.

All'inizio si era anche sentito confinato in uno spazio piú limitato e umile, ma ben presto si era ricreduto. Se prima la sua battaglia quotidiana era contro coloro che minacciavano la sicurezza fisica della gente, ora egli combatteva contro coloro che volevano rubare l'anima del popolo, privarlo della sua memoria storica e civile.

La sua battaglia era piú cauta e prudente, piú sottile e sommessa, ma non meno dura, non meno pesante. Soprattutto gli pesava la responsabilità: se prima il suo compito era di togliere dalla circolazione qualche individuo pericoloso, anche assassini, certo, sequestratori e mercanti di morte, si trattava comunque di cause e di effetti effimeri e contingenti, legati a circostanze in fondo casuali. Ora gli si chiedeva di salvare pezzi della civiltà universale, tesori di valore assoluto la cui unicità irripetibile li rendeva maledettamente insostituibili, come se l'*Odissea* e la *Divina Commedia*, come se la Quinta di Beethoven esistessero per assurdo in copia unica e non riproducibile. Ecco, quel momento in cui il capolavoro letterario o musicale è appena uscito dalla penna del genio, prima che venga copiato, stampato e diffuso, quel momento terribile in cui potrebbe andare perso o bruciato era invece la condizione permanente del capolavoro d'arte.

Il pensiero tornò a sua figlia Teresa. Quattordici anni, l'età in cui avrebbe soprattutto avuto bisogno di sua madre. E lui si sentiva cosí inadeguato. Era toccato a lui, pieno di imbarazzo, rivelarle i segreti della sua femminilità incipiente. Che assurdità, la vita. Ma un'altra madre non l'avrebbe mai accettata, ammesso che lui avesse voluto trovarne una. Era troppo gelosa della memoria di quella che aveva perduto ed era troppo gelosa di suo padre. E cosí lui viveva le sue relazioni occasionali in segreto, vergognandosi come un ladro ogni volta che la guardava negli occhi e ogni volta che guardava, prima di addormentarsi, il ritratto di Flavia.

Era quasi buio e la spia della riserva lampeggiava sul cruscotto quando toccava i freni o affrontava una curva. Si fermò a una stazione di servizio a fare il pieno ma mentre stava per ripartire gli sembrò di riconoscere, con la coda dell'occhio, una persona che stava alla guida di una Bmw dall'altra parte della pompa: una donna. Molto bella. Lei teneva lo sguardo fisso in avanti e non l'aveva visto, almeno lo sperava, mentre la vedeva ripartire in direzione opposta alla sua.

Pagò in fretta e invertí a propria volta la marcia tenendosi a distanza opportuna, senza farsi notare e senza perderla di vista. Si attaccò alla radio e chiamò la base:

– Ferrario, sei tu? Passo.

– Sí, colonnello. Dove si trova?

– Sto tornando indietro.

– Come, indietro? Non dovevamo vederci questa sera?

– Se sei ancora in tempo, vedi di rimediare per cena una compagnia piú piacevole di un colonnello dei carabinieri. Il fisico non ti manca. Se va bene ci vediamo domani per colazione al comando. Ho avuto una visione e la sto inseguendo. Chissà, magari mi porterà alla caverna di Alí Babà o forse all'isola di Armida. Chi lo può dire?

– È bella, comandante?

– Bella, misteriosa e gelida. Come *La Muta*.

– Buona caccia, allora.

– Senti.

– Sí, comandante.

– Prepara la macchina, il guardaroba, carte di credito, tutto. Da domani sera sei in missione. Intanto fatti dare dal comando di legione tutti i dati sul traffico di valuta, di preziosi, e anche di droga, nelle regioni umbro-marchigiana e tosco-emiliana. È lí che ti devi infilare.

– Ah! E secondo lei mi rimane tempo per uscire a cena in gentile compagnia?

– Sono cavoli tuoi, Ferrario. Ci sentiamo domani.

– Mi pareva. Ci vediamo, comandante. Passo e chiudo.

La Bmw procedeva a una certa velocità e Reggiani dovette accelerare per non perdere il contatto. Era in preda a una strana eccitazione, e si chiedeva se avesse visto bene o se non si fosse messo a correre dietro ai fantasmi. La donna alla guida della Bmw era davvero Lavinia di Montecroce o gli era parso soltanto? Era quel suo sguardo freddo e perso, quel suo essere diretta a un'ora strana proprio in quel luogo, che gli aveva fatto scattare un'associazione di idee assurda, forse, ma da non trascurare, se il fiuto non lo ingannava.

Un anno prima l'aveva frequentata a lungo, quando le avevano rapito l'unico figlio e lui guidava le indagini e le incursioni coi suoi paracadutisti fra le gole dell'Aspromonte.

L'epilogo era stato infausto: braccati troppo da presso, i rapitori si erano sbarazzati dell'ostaggio. Il ragazzo era stato trovato cadavere. Si era pensato che forse li aveva visti in faccia per qualche malaugurato caso e s'era firmato da sé la condanna a morte. Era toccato a lui portare la notizia alla madre e ricordava ancora le sue parole gelide e sprezzanti, il suo sguardo disperato, pieno di dolore e di collera. E quel disprezzo lo aveva ferito profondamente, soprattutto dopo che, per parecchio tempo, quella donna bella e triste gli aveva mostrato qualche cosa di piú di una semplice fiducia o di quell'attaccamento che nasce naturale verso la persona che rappresenta, per chi è nell'angoscia, la piú fondata speranza di salvezza. Non di rado, quando le si era presentato, ancora in tenuta da combattimento, esausto dopo una accanita caccia all'uomo o ferito dopo uno scontro a fuoco, gli era parso di percepire una luce particolare nei suoi occhi, di avvertire un calore piú che di gratitudine nel tocco della sua mano. E nel rendersi conto che quelle attenzioni non lo lasciavano indifferente, si era detto: «Lascia perdere, non è pane per i tuoi denti, sbirro».

Che ci andava a fare a Urbino a quell'ora la contessa di Montecroce? Quella donna aveva sia i contatti sia le possibilità per far eseguire un furto del genere e per piazzare la refurtiva. E il denaro avrebbe potuto servirle per ricostituire la sua fortuna duramente provata dal pagamento del riscatto o… chissà, per finanziare una vendetta? L'aveva giurato: «Le farò vedere io come si fa giustizia, – gli aveva detto. – Moriranno tutti. Uno per uno. E stia in guardia anche lei, se dovesse un giorno pensare di attraversarmi la strada».

La Bmw entrò in città, prese una strada laterale di campagna e Reggiani si trovò subito in difficoltà per non farsi scoprire. Spense i fanali e le tenne dietro rischiando a ogni momento di finire fuori strada e di piantarsi come uno stupido in mezzo a un campo arato.

Quando vide che la macchina si fermava in un casale ai piedi di una collinetta, nascose l'auto come poté in mezzo a una macchia di quercioli e si avvicinò a piedi. Era eccitato. Sentiva che la sua intuizione era stata giusta e che, comunque, la presenza di quella donna in quel luogo e a quell'ora era un fatto cosí strano che valeva la pena vederci chiaro.

Si avvicinò sperando che non ci fosse un cane, ma si accorse ben presto che quella casa era un luogo abbandonato, scelto probabilmente per un incontro occasionale. In un angolo era parcheggiata un'utilitaria sporca di fango, di cui prese il numero di targa.

Si spostò sino a una finestra dalla quale filtrava un poco di luce attraverso le imposte, e tese l'orecchio. Riuscí a percepire solo un brandello di conversazione:

– Piazza... quel bastardo... Ne sei sicuro?

– Credo proprio di sí, – rispose una voce virile. – Il giro è quello. E anche gli uomini, se le informazioni sono giuste.

– E la merce?

– Questo nessuno lo sa. Può anche darsi che sia già partita: è roba delicata, meno resta in giro, meglio è.

– Voglio saperlo al piú presto. Questi, intanto, sono per te. Ma stai attento, se cerchi di rivendere la soffiata hai chiuso. Mi sono spiegata? Hai chiuso.

Reggiani udí che la donna si alzava e camminava verso l'ingresso. La vide bene quando andò alla Bmw e inserí le chiavi nella portiera: era senza dubbio Lavinia di Montecroce. Mentre la donna spariva lungo il viottolo di campagna, Reggiani si tolse di tasca una piccola macchina fotografica e appoggiando l'obiettivo alla fessura delle imposte scattò qualche foto all'uomo che era rimasto all'interno, dopo di che raggiunse la sua macchina e si allontanò a fari spenti.

Il maresciallo Carras stava per mettersi a tavola davanti a una zuppa di verdure, a cui si era rassegnato da tempo per la cena di ogni sera, quando la moglie gli porse il telefono portatile: – È il colonnello Reggiani, – gli disse.

– Dica, signor colonnello, – fece Carras appoggiando un piatto rovesciato sulla zuppa fumante.

– Trovami il proprietario di una Fiat Ritmo targata PE 563659 e mettigli uno addosso. Uno fidato. Mi sono spiegato? Guai se lo perdete di vista per un secondo o se vi fate bruciare. Ha un contatto importante.

– Tutto qui? – chiese il maresciallo Carras con il tono di chi si aspettava di peggio. – Lo consideri fatto, comandante.

– E appena hai delle novità chiamami.

Carras salutò, riconsegnò il telefono alla moglie, scoperchiò la zuppa e ci versò sopra un'abbondante aspersione di olio d'oliva del suo paese. Sapore di casa.

Mangiò con calma, prese il caffè poi si tirò le bretelle sulle spalle, indossò la giacca dell'uniforme e scese in caserma a dare le istruzioni del caso. Mentre rientrava vide un gruppo di ragazzi mascherati con costumi del Rinascimento che schiamazzavano cantando serenate e strimpellando con chitarre, mandole e mandolini. «Era Natale l'altro giorno ed è già Carnevale», pensò il maresciallo accendendosi con calma la pipa e sbuffando nell'aria due o tre grosse volute di fumo denso. «Gaetano Barrese, – pensava intanto, – se era proprio lui che guidava la Ritmo, quell'accidente di Reggiani aveva visto giusto: traffico di preziosi. Certo, Barrese era un topo, ma pur sempre del giro».

Il colonnello Reggiani non era piú riuscito ad agganciare la Bmw ma gli era parso piú importante identificare l'uomo che aveva dato appuntamento alla contessa. Lei sapeva sempre dove trovarla! Al bivio prese a destra per Città di Castello e Perugia: attraversando la terra di Raffaello e di Piero, da un capo all'altro, gli pareva quasi di poter trarre qualche ispirazione. Ma l'antico paesaggio era immerso nel buio: soltanto i segni della civiltà moderna erano sguaiatamente visibili.

Il colloquio a cui aveva assistito si riferiva certamente a un furto e a una ricettazione, ma non era sicuro che si trattasse dei quadri rubati. E se si fosse sbagliato? E se la sua costruzione mentale fosse condizionata dalla tempesta che aveva suscitato in lui la vista di Lavinia di Montecroce? Gli sembrava di aver investito tutto su un'ipotesi cervellotica; in altri momenti, invece, era pronto a scommettere di aver fiutato la pista giusta. Al diavolo. Non ci sarebbe voluto molto ad accertarsene.

Arrivò a Roma a notte fonda. Parcheggiò in strada, estrasse lo stereo e salí le scale del suo condominio, un palazzetto seicentesco con l'intonaco ocra e i ferri battuti alle finestre. Sul tavolo di cucina c'era un piatto coperto con dentro del pollo freddo. Un adesivo giallo appiccicato sulla bottiglia di acqua minerale diceva: «Non ti ho aspettato perché domani ho interrogazione. C'è anche un pezzo di torta di mele nel forno. Bacio, Teresa».

Si sedette e si accese una sigaretta.

Gaetano Barrese era seduto al bancone del bar davanti a un bicchiere di brandy semivuoto e sbirciava all'interno del proprio portafogli per vedere quanto ancora potesse permettersi.

Gli si accostò il cameriere e gli disse: – C'è quel signore laggiú che vuole offrirti da bere.

Barrese si volse e vide, seduto a un tavolo, un giovanotto di circa trent'anni, abbronzato, in jeans e giacca di renna marrone, che gli sorrideva e gli faceva cenno di venire ad accomodarsi.

– Sai chi è? – chiese Barrese al cameriere.

– Mai visto prima, – fece quello.

– Allora digli di andare affanculo. Non bevo con sconosciuti.

Il cameriere riferí con i dovuti eufemismi e poco dopo ritornò al banco: – Insiste per avere l'onore della tua compagnia. Dice che ha un messaggio da parte della contessa.

Barrese cambiò espressione, scese dallo sgabello e si avvicinò al tavolo. Il giovanotto versò una dose generosa da una bottiglia di Laphroaig: – Io preferisco lo scotch, – disse, – spero che vada bene anche per te.

Barrese mandò giú una sorsata.

– La contessa si scusa per non essere venuta di persona, ma siccome ha saputo che c'è del movimento in giro per quella merce che le interessava ed è anche molto indispettita per il fatto che non l'hai avvertita, ha mandato me che sono, diciamo, il suo segretario. «Sai mai che ci fosse bisogno di rinfrescargli la memoria», ha detto. E cosí, eccomi qui.

Barrese gettò un'occhiata fugace ai bicipiti che gonfiavano le maniche della giacca di renna del giovanotto. Aveva l'aria di essere uno di quei giocattoloni che le belle signore sole tengono in casa con i compiti piú svariati.

– Ehi, che fretta! Mi sarei fatto vivo io stesso domani.

– Fretta un cazzo, bello mio, qui sono in ballo un sacco di soldi e chi arriva un secondo dopo è fottuto. Allora, cosa c'è di fresco?

– Effettivamente il Piazza ha aperto le danze.

– Ah, – fece il giovane. – Gli avrai fatto presente che non può negare un ballo alla signora contessa.

– Sí, ma lui se ne frega. Gli importa soltanto la grana.

– La grana c'è. Quanto vuole?

Barrese scarabocchiò una cifra sul tovagliolo di carta.

– Ottocento? – fece il giovane. – Se ne può parlare –. Ebbe un momento di esitazione, come un giocatore che sta per calare una carta che può fargli vincere o perdere una partita in cui ha messo in palio tutto quello che ha. Poi disse: – Ottocento testoni, eh? Ma… per…

– Per tutti e tre, – finí la frase Barrese senza notare, mentre vuotava il bicchiere, un lieve sospiro di sollievo del suo interlocutore.

Il giovane gli versò ancora da bere: – È un sacco di soldi, – disse, – ci serve qualche giorno. Digli che arrivo lunedí con trecento testoni, il resto alla fine della settimana.

– Io glielo dico ma non posso garantirti nulla. Chi primo arriva, piglia. Lo sai. E lui dice che quella roba vale venti volte tanto. È un prezzaccio: prendere o lasciare.

– Sí, ma tu datti da fare altrimenti la prossima volta non ti offrirò certo da bere, puoi giurarci. Quando ci sentiamo?

– Fra due o tre giorni.

– Domani sera. Qui.

– Ma non so se...

– Io ci sarò, e vedi di esserci anche tu. È un consiglio da amico.

Barrese si alzò e uscí. Dopo un poco uscí pure il giovane e si diresse verso un albergo del centro. Prese le chiavi dalla ricezione e salí al suo appartamento.

– Allora, com'è andata? – chiese una voce dal fondo del piccolo soggiorno.

Il giovane riconobbe la voce e accese la luce: – Comandante, una volta o l'altra si beccherà una palla in fronte.

– Lo escludo. Dovresti sparare per primo, il che, per adesso, è impossibile. Sieditі e raccontami tutto.

– Non c'è che dire: aveva visto giusto. I tre quadri sono già in vendita. Chiedono ottocento milioni.

– Non è possibile.

– Glielo assicuro: ho parlato con Barrese neanche mezz'ora fa.

– Ma non capisci? Se questo è vero significa che il furto è opera di balordi da strapazzo che nemmeno si rendevano conto di ciò che hanno rubato. Ottocento milioni non vuol dire niente: non è un prezzo, tutt'al piú è una richiesta di riscatto. A questo punto, se la notizia non è un diversivo, li possiamo braccare e poi chiudere in trappola in pochi giorni. Come sei rimasto d'accordo?

– Trecento milioni per lunedí sera, il resto a fine settimana.

– Lunedí sera? E chi li trova trecento milioni per lunedí sera? Oggi è già mercoledí.

– Lei, comandante, chi altri? D'altra parte, piú aspettiamo e piú cresce il rischio che io venga scoperto. Mi sono presentato come emissario della contessa, come lei mi aveva suggerito. Mi auguro che intanto la signora sia tenuta sotto stretto controllo, telefono compreso. Non voglio avere problemi sul piú bello.

– Faremo in modo che non avvenga, tenente. Ti saluto. Non ho un minuto da perdere se devo trovarti quei soldi per lunedí sera. Dove avverrà l'incontro?

– Non si sa.

– Va bene, vi seguiremo. Buonanotte, Ferrario.

– Buonanotte, comandante.

Il colonnello Reggiani scese nell'atrio e uscí in strada dirigendosi verso la sua automobile, parcheggiata non molto distante. Mise in moto e partí sgommando in direzione di Rimini. Doveva prendere contatto con la struttura che poteva trovare il denaro e poi tornare indietro di corsa in tempo per consegnarlo al tenente Ferrario.

Purtroppo l'operazione si rivelò piú complessa del previsto e il denaro gli fu accreditato solo alle diciassette del lunedí pomeriggio, un minuto prima che la filiale della Banca d'Italia chiudesse i battenti.

Quando lasciò la valigetta dentro una cabina telefonica in una piazzetta appartata di Urbino, perché un minuto dopo il tenente Ferrario la prendesse, erano già le sette e mezzo. Gli scrisse un biglietto: «Ti seguirò dalla mia base fuori città. Debbo anche tenere d'occhio la contessa e coordinare l'operazione via radio. Ti staranno dietro gli uomini di Carras. Mi sembrano bravi. In bocca al lupo».

Si mosse poi in direzione della sua temporanea abitazione, un villino sui colli affittato per un paio di settimane. Entrò e si fece un panino con prosciutto e formaggio. Si era messo tranquillo perché tutto sembrava sotto controllo. Attese che fosse venuto il momento dell'appuntamento del tenente Ferrario, poi si sedette davanti alla radio:

– Parla Drago, con chi sto parlando? Passo.

– Qui è Argo. Ti ascolto, Drago. Passo.

– Come vanno le cose lí?

– È uscita dal suo appartamento, qui a Roma, mezz'ora fa. La stiamo seguendo.

– Non perdetela di vista. È questione di vita o di morte, non scherzo.

– Stiamo con gli occhi bene aperti, Drago.

– Cosa fa adesso?

– Il suo autista ha fermato in questo momento davanti al Teatro dell'Opera e le sta aprendo la portiera. Ecco, lei sta salendo la scalinata del teatro. È in pelliccia e abito da sera. Tutto regolare, direi.

– Sí, ma non perdetela di vista. Voglio qualcuno anche dentro il teatro.

– D'accordo, Drago.

– Bene. E al minimo inconveniente chiamatemi. A qualunque ora. È chiaro?

– Chiarissimo. Buonanotte, Drago. Se non c'è altro, passo e chiudo.

Reggiani si versò una birra e si accese una sigaretta: se tutto fosse filato liscio, prima di mezzanotte la faccenda si sarebbe conclusa. Bel colpo.

Guardò l'orologio. La contessa era andata all'opera, dunque si poteva stare tranquilli per almeno tre ore. Tutto il tempo necessario.

Tranquilli?... Oh, dio. Gli risuonarono in mente d'un tratto le parole di Argo: «È in pelliccia e abito da sera». La contessa di Montecroce era un'animalista quasi fanatica che aveva partecipato a tutte le crociate di Brigitte Bardot per impedire la strage delle piccole foche. Non avrebbe portato una pelliccia per tutto l'oro del mondo!

Ma allora chi era la donna che i suoi uomini stavano pedinando? Si riattaccò alla radio tentando affannosamente di agganciare il gruppo di Carras. La radio gracchiò piú volte cercando la banda di comunicazione, poi, dopo un paio di minuti che sembrarono secoli, il pesante accento sardo del maresciallo Efisio Carras si fece udire dall'altoparlante: – Corvo uno in ascolto. Passo.

– Qui è Drago. Emergenza. Ripeto: emergenza. La signora è a piede libero. Sono quasi certo che Argo stia pedinando una sosia. Fermate il nostro uomo finché non sono riuscito ad avere notizie piú precise.

Dall'altra parte vi fu un attimo di silenzio, poi la voce di Carras disse: – Troppo tardi. Sta entrando.

Il tenente Ferrario, avvolto in un elegante cappotto di cammello, saliva, dietro Gaetano Barrese, le scale di una vecchia casa della periferia della città: un edificio anonimo costruito nell'immediato dopoguerra. Teneva nella mano destra una valigetta di cuoio con trecento milioni in contanti e, fissata con un nastro adesivo alla caviglia destra, una minuscola Astra-Llama 6,25 con il colpo in canna. Giunti alla porta, Barrese suonò tre volte il campanello: due squilli brevi e uno lungo. Venne ad aprire un uomo sulla cinquantina, una specie di gorilla in disarmo, che li introdusse in un altro ambiente e poi sparí senza dire una parola.

– È quello, Piazza? – bisbigliò Ferrario.

– No, – disse Barrese. – Non lo conosco.

L'uomo rientrò poco dopo assieme a un tizio sulla sessantina, grasso e calvo, che li fece accomodare. Barrese fece cenno come per dire che era lui, e Ferrario si fece avanti porgendo la mano: – Sono Lamberto Prandi, il segretario della contessa di Montecroce. Il signor Piazza, immagino.

L'uomo si limitò ad accennare con il capo. – I soldi ce li ha? – disse.

Ferrario batté due colpetti sulla valigetta che teneva sulle ginocchia: – Però, – disse, – dovrete farmi vedere la merce. La contessa si fida ma io devo vedere i quadri.

Piazza notò le mani forti ma perfettamente curate. Ebbe un sorrisetto di sufficienza: – Le posso mostrare solo questa, – disse. E gli porse una polaroid in cui si vedevano i tre quadri allineati e in primo piano una mano che teneva una copia della «Repubblica», dove si vedeva la data di due giorni prima.

– È evidente che li abbiamo noi. Ma non possiamo affrontare rischi. Li vedrete quando pagherete il saldo.

– D'accordo, – disse Ferrario dopo un momento di esitazione. – Però, siccome siamo riusciti a reperire il resto della somma richiesta, possiamo pure concludere al piú presto. Meno restiamo in ballo e meglio è. Anche per voi, suppongo. E poi il signor Barrese, qui, è impaziente di incassare la percentuale.

Piazza lo scrutò con un'espressione indagatrice, ma il tenente Ferrario appariva rilassato e a suo agio.

Si metteva in bocca una caramella profuma-alito e la succhiava con fare serafico.

– Per voi, – chiese Piazza, – quando andrebbe bene?

– Anche fra tre, quattro giorni.

– Bene, – disse Piazza.

– Dove? – chiese Ferrario.

Mentre Piazza si accingeva a rispondere, una porta si aprí e si affacciò un terzo uomo che gli fece un cenno.

Piazza si alzò dicendo: – Voglia scusarmi.

Trascorsero alcuni minuti, durante i quali Ferrario fu preso da un certo nervosismo, anche se non c'era ragione per dubitare che tutto andasse per il suo verso. Quando Piazza rientrò, era accompagnato da due uomini armati e la sua espressione giustificava ben piú che un po' di nervosismo.

– Ma chi mi hai portato? – chiese a Barrese. – La contessa non ha inviato proprio nessuno.

Ferrario si sentí perduto: se Barrese avesse detto perché lo aveva creduto un inviato della contessa, Piazza avrebbe potuto smascherarlo. Decise di prendere l'iniziativa prima che la sua finzione crollasse: – E va bene, – disse. – Non sono il segretario della contessa. Sono il suo amante, e quando ho saputo delle sue intenzioni ho passato l'informazione a certi amici disposti a darmi una buona percentuale sull'affare. A voi che cosa interessa? Qui ci sono i soldi, no?

Aprí la valigetta e mostrò le mazzette che vi erano stipate. Piazza fece un cenno ai suoi amici, che abbassarono le armi, poi si avvicinò e osservò il denaro. Era tutto in regola, ma il sorcio fiutava la trappola e l'esca non era piú abbastanza appetitosa.

– Eh, no, amico mio, – disse. – Questi non mi interessano piú. Se vuoi la merce mi devi consegnare l'intera somma. All'estero. Quando li hai, avverti Barrese e noi ti diamo l'appuntamento a modo nostro. E adesso togliti dai piedi. Per questa volta ti lasciamo andare via con le tue gambe.

Ferrario richiuse la valigetta e uscí schiena indietro, poi, appena fu sul pianerottolo, imboccò le scale di buon passo ma senza correre. Finalmente fu in strada e svoltò, poco dopo, dietro un angolo.

Si trovò di fronte Carras, in borghese: – Allora, com'è andata? – chiese.

– A puttane, – rispose Ferrario stizzito. – Fammi parlare con il colonnello. Subito, maledizione.

Lavinia di Montecroce scese dal taxi e si mise a camminare sul lungolago con l'andatura indolente di chi vuole trascorrere un pomeriggio di relax. Indossava un soprabito chiaro di gabardine e portava in testa un foulard di seta. La sua figura spiccava nella bella luce autunnale sul tappeto di foglie gialle e rosse che tappezzava i marciapiedi intorno ai tronchi degli aceri e dei tigli. Si fermò un poco a osservare lo spettacolare getto d'acqua che s'innalzava come una colonna iridescente dal mezzo del lago, poi sbriciolò qualche biscotto per i cigni che si avvicinarono veleggiando solenni sullo specchio di cristallo.

Il colonnello Reggiani, seduto al volante, stette a guardarla per alcuni minuti. Era sempre molto bella: i voluminosi capelli neri le sfuggivano dai lati del foulard incorniciandole una fronte bianchissima e due occhi fondi e scuri. Si muoveva con una grazia leggera e sensuale che contrastava con il carattere deciso e quasi duro che mostrava abitualmente.

Dopo l'infausto tentativo organizzato a Urbino nel passato inverno, non c'era piú stata una seconda possibilità, sia perché non si era potuta raccogliere una somma tanto esorbitante, fosse pure per usarla da esca, sia perché Piazza, sfumata in quel modo sospetto e senza piú seguito la prima trattativa, si era fatto diffidente e si era reso di fatto inavvicinabile. Barrese, scaricato dall'organizzazione, si era rituffato nel suo giro di piccolo spaccio di droga fra gli studenti dell'università per stranieri di Perugia, ed era stato dentro e fuori di prigione con cadenza regolare per qualche mese.

L'unico anello di congiunzione con i quadri spariti era rimasto lei. Ma era da escludersi un contatto a breve termine. Era evidente che si era accorta di essere controllata e spiata se aveva ricorso allo stratagemma di far pedinare la sua segretaria e se, poi, una sua telefonata (di chi altri, sennò?) aveva bruciato Ferrario proprio nel momento in cui stava per chiudere l'affare.

Reggiani aveva avuto tutto il tempo di riflettere su quella strana connessione: perché mai una donna come lei voleva ricettare quei quadri? La prima idea che gli era venuta quando l'aveva vista andare all'appuntamento con Barrese gli era parsa in seguito sempre piú strana e complicata, quasi cervellotica. Eppure continuava a essere convinto che il fulcro centrale della sua vita, lo scopo unico, il solo centro di gravità attorno a cui ruotava la sua esistenza, fosse il desiderio di vendicare il figlio ucciso. Non era credibile che si fosse convertita a un improbabile feticismo artistico che l'induceva a ricettare capolavori celeberrimi, di fatto impossibili da commerciare.

L'aveva fatta sorvegliare di nuovo, ma questa volta da alcuni specialisti richiesti al comando operativo, gente leggera come l'aria, quasi trasparente, intercambiabili. Avevano un metodo del tutto particolare: niente cappelli sugli occhi, occhiali scuri e baveri rialzati, niente giornali davanti alla faccia. La sorvegliavano talora da poche spanne di distanza, a viso aperto, ma sempre alternati e sempre con aspetti e positure talmente differenti da non poter essere collegati. Le parlavano anche, se era il caso, e se la situazione lo comportava. In treno, o in aereo, o al bar. Nonostante questo, per mesi c'era stato buio fitto. Anche lei giocava a rimpiattino oppure voleva che si calmassero le acque prima di riprendere il largo.

Quando finalmente si mosse, la meta era insospettabile e di fatto non infiltrabile: una casa di estetica femminile in una clinica d'Oltralpe. Fu necessario inserire una pulce nel telefono della sua camera.

Ora il colonnello Reggiani aveva in mano una registrazione della sua ultima telefonata, con la quale aveva fissato l'appuntamento con la gente che aveva i quadri. La richiesta stavolta era incredibilmente bassa: trecento milioni. Era chiaro che si trattava di balordi che soltanto ora si rendevano conto che quelle opere non si potevano vendere. Ma perché la signora le voleva?

Guardò l'orologio: mancavano solo dieci minuti all'appuntamento. Vide che la contessa riprendeva a camminare fino al molo del piccolo porto lacustre, ma mentre si aspettava di vederla accostare da un'auto dalla parte della strada, la vide invece salire su un lussuoso yacht a due alberi già in moto, che salpò portandosi verso il centro del lago.

Reggiani si batté un pugno sul ginocchio: – Maledizione, maledizione! – Prese il binocolo dal cruscotto e cercò di seguire il natante, ma non gli riuscí di vedere piú nulla. Prese nota comunque della matricola. Era molto strano che dei balordi che chiedevano trecento milioni per un Raffaello e due Piero della Francesca potessero disporre di un natante da tre miliardi. Ma allora chi era andato all'appuntamento con i ladri?

Entrò in un bar per telefonare tentando di non perdere di vista lo yacht: – Fatemi una ricerca immediata sul registro navale internazionale: voglio sapere a chi appartiene un due alberi con sigla Hry239X, non il prestanome, la proprietà vera, s'intende. Ne ho bisogno subito. Anche fra cinque minuti se fosse possibile.

– Sarà molto se potremo dirglielo stasera, signor colonnello, – rispose la voce dall'altra parte del filo. – Attenda ora, c'è una comunicazione per lei.

Il colonnello Reggiani si sporse verso la finestra per quanto glielo consentiva la lunghezza del filo: il veliero era sempre in mezzo al lago e procedeva lentamente, a motore.

– Come vanno le cose lí, comandante? – disse dopo un poco la voce del tenente Ferrario.

– Male. La nostra amica ha fissato un appuntamento ma non si è presentata: è andata via su una barca, invece. Forse ha fiutato qualcosa... Dove sei?

– A Milano, al comando di legione, e si dà il caso che io possa esserle utile.

– Non fare il prezioso. Cosa succede?

– All'appuntamento ci va la sua segretaria. La stessa che ha depistato Lizzani al Teatro dell'Opera. Mi sono detto: «Chi inciampa due volte nella stessa pietra non merita compassione».

– Bravo, e allora?

– Mi sono dato da fare con la ragazza non senza qualche risultato... potrei dire che è innamorata di me.

– Gesú! Senti, risparmiami i particolari e vieni al sodo.

– Sono riuscito a sapere che aveva un appuntamento oggi alle 15,30 a Rue de Vellerat numero 23. Le ho promesso che sarei andato a prenderla dopo per passare insieme il pomeriggio, ma visto che di qua non posso muovermi, potrebbe andare lei. Io ho già trovato una scusa: una vecchia zia...

– ... si è sentita male all'improvviso. Mi pare di averla già sentita questa storia. D'accordo. Ci vado. Tu però fammi avere l'identificazione di quella matricola. Mettigli il fuoco al culo a quelli dell'investigativa. Mi serve per subito.

– Conti su di me. Ci vediamo, comandante.

– Ferrario.

– Dica.

– Hai fatto un buon lavoro. Ma non ti montare la testa.

– No, che non mi monto la testa, comandante.

Il colonnello Reggiani partí alla volta di Rue de Vellerat e fotografò tutti quelli che entrarono e uscirono dal numero 23 fra le 15,30 e le 17, poi pedinò la segretaria finché vide dove abitava. Per ultimo andò alla polizia e li fece identificare uno per uno. Erano due italiani e uno del posto. I due italiani risultavano collegati al giro di Marino Piazza. Il mosaico ricominciava a comporsi.

Gli era sfuggita la contessa, ma non poteva andare lontano. Rientrò in albergo, si fece portare una pizza in camera, poi si distese in poltrona e accese la Tv per guardarsi un poco di telegiornale. Nel momento in cui passavano le notizie sportive squillò il telefono:

– Comandante, – disse la voce del tenente Ferrario. – Abbiamo identificato la proprietà dello yacht… si tenga stretto…

– Sono pronto. Sputa il rospo.

– Ha presente quel distinto signore su cui indagò il gruppo del capitano Alfieri?

– Cristo… Lui? Ma sei sicuro?

– Be', lo yacht risulta intestato alla Centralfin, di cui sono azionisti paritetici il Banco Austral e la Eurofin che, come sa, è controllata al cento per cento dal nostro amico e dagli amici del nostro amico. Giusto?

– Oh, Cristo santo! Se finisce in mano a loro, il riscatto da pagare salirà al reale valore dei quadri.

– Già. Un modo originale per finanziare un certo tipo di operazioni, se non mi sbaglio.

– Non ti sbagli. Il gioco si fa troppo pesante. Ho bisogno di una mano, Ferrario.

– Avevo come il presentimento, cosí mi sono permesso di prenotarmi il primo volo per Ginevra. Prendo lo spazzolino da denti e parto.

– Ferrario, niente artiglieria al seguito, non voglio casini con i nostri ospiti.

Il tenente Ferrario aveva già riattaccato.

Lavinia di Montecroce scese da una Volvo nera a notte inoltrata. Si era messo a piovere e l'autista l'accompagnò con l'ombrello fin sul portone del palazzo in cui era alloggiata. La donna richiuse il portone dietro di sé e accese la luce delle scale.

– Buonasera, – disse una voce alle sue spalle.

La donna sussultò, poi si volse lentamente.

– Lei? – esclamò riconoscendo il colonnello. – Le avevo detto che non volevo piú incontrarla.

– Mi dispiace, ma ho urgenza di parlarle.

– A che scopo? Mio figlio è morto e lei non l'ha impedito. Anzi, credo che buona parte della colpa sia sua. Io la odio, per questo. Se ne vada, per favore.

– Signora, – insistette Reggiani, – deve ascoltarmi, per il suo bene. Non mi occupo piú di sequestri. Ora mi occupo... diciamo, di arte. Statue, quadri... rubati. Le dice niente?

La donna impallidí.

– Mi dia ascolto, – disse ancora Reggiani, – la strada che ha imboccato non conduce da nessuna parte: rovinando sé stessa non farà resuscitare suo figlio. Ho assistito al suo colloquio con Barrese a Urbino la notte del 6 febbraio, so dei suoi contatti con Piazza e con... con la gente dello yacht. Come vede non ha scampo. Ci ha giocati una volta. Molto abilmente, devo dire, ma ora è finita.

La contessa sospirò: – Ah. Eravate voi dunque... Quand'è cosí, che alternative mi restano?

Anche Reggiani tirò un sospiro: – Aiutarci a recuperare i quadri. Dopo di che non mi vedrà piú, glielo assicuro.

– Si rende conto del pericolo che correrei?

– La proteggeremo noi –. La contessa fece un sorriso di sufficienza. Il colonnello Reggiani abbassò la testa. – Dove sono i quadri? – chiese dopo un poco.

– A Locarno.

– Dobbiamo parlare, – disse il colonnello. – Non possiamo permetterci di fallire. Né lei, né noi.

– E va bene, – disse la contessa, – salga. Ma si ricordi, lo faccio solo perché sono costretta.

Parlarono a lungo, e il colonnello comprese che la signora aveva condotto l'intero affare da sola: era da mesi l'unico contatto diretto con i ladri. Si convinse anche della realtà piú assurda: avevano agito di loro iniziativa e avevano rubato senza rendersi conto di asportare dei pezzi invendibili. Le loro pretese erano già scese a trecento milioni che volevano pagati in Italia.

Quando ebbe finito di parlare, la contessa disse: – Ora però io rischio la vita se faccio consegnare i quadri a voi. Cosa gli racconto a quelli?

– È giusto. Lei deve uscire di scena. Subito. Utilizzeremo la sua segretaria per i successivi contatti.

– Ed esco di scena... cosí? – disse la contessa schioccando le dita.

– La farò arrestare per contrabbando di valuta appena passa la frontiera e la terrò sotto chiave in un posto sicuro.

– E la mia reputazione? – disse la contessa. Ma si accorse subito di aver fatto una domanda sciocca. – Va bene, – disse subito dopo.

– Mi dica soltanto una cosa, – aggiunse Reggiani. – È stata lei a chiamare quelli della Centralfin o sono stati loro a chiamare lei?

– Hanno un nuovo riferimento in Italia che io conosco bene. L'idea è venuta a tutti e due... No, mi risparmi le prediche, colonnello: il mio patrimonio è andato distrutto, la mia famiglia è annientata. E lei non solo ha fallito quando poteva salvarmi, si è intromesso anche ora, quando avrei risolto io le cose. A modo mio. Spero davvero di non vederla mai piú.

Reggiani non seppe che dire. Si alzò e si diresse alla porta. Prima di uscire si volse verso la donna, che ora gli dava le spalle e sembrava guardare la città dalla finestra.

– Un giorno mi ringrazierà, – disse.

Scese nell'atrio, diede un'occhiata sulla strada e raggiunse l'auto parcheggiata poco distante. Non si accorse che una Volvo nera era sbucata da una stradina laterale e lo seguiva, confusa nel traffico.

Passò dalla lobby dell'albergo, ritirò la chiave e chiese se c'erano messaggi. Si sentiva stanco, provato. L'incontro con Lavinia di Montecroce lo aveva spossato e demoralizzato. Si diresse alla cabina del telefono per chiamare Roma e parlare con sua figlia, ma il telefono squillava a vuoto.

Si infilò allora nell'ascensore assieme a un signore che sopraggiungeva in quel momento. Salirono in silenzio, avvolti in quel sottile imbarazzo che prende fra sconosciuti che debbono passare pochi istanti in uno spazio tanto intimo. Mentre stava per inserire la chiave nella porta della stanza, l'uomo che era salito con lui gli si avvicinò e disse: – *Excusez moi*...

Reggiani si voltò. La canna di una pistola faceva capolino tra i bottoni del loden.

– Entra, – disse l'uomo. Reggiani obbedí. – E adesso, – proseguí l'altro quando furono entrati, – dimmi chi sei e che cosa vuoi dalla contessa di Montecroce.

Reggiani mostrò grande spavento e sorpresa per giocare una finzione che avrebbe forse potuto funzionare: – Ma... sono un amico. L'ho incontrata sul lungolago e mi ha invitato a prendere un caffè da lei dopo cena. La prego, abbassi quell'arma, lei mi prende sicuramente per qualcun altro.

– Non credo, – disse l'uomo. – Vedi, dopo che ho accompagnato la contessa mi sono accorto che aveva dimenticato la borsetta in macchina e sono tornato indietro per restituirgliela. Vi ho sentiti parlare. Abbastanza da volerne sapere di piú sul tuo conto. Adesso siediti e stai buono, se non vuoi passare dei guai.

Reggiani si sedette, e l'uomo frugò tra i suoi effetti personali. Non tardò molto a mettere le mani sui documenti che ritraevano il colonnello in uniforme.

– Non mi ero sbagliato, dunque. Bene. Ora vieni con me senza fare scherzi. Come due amici che scendono al bar per bere qualcosa.

– Sappiamo chi siete, – disse Reggiani. – Non vi conviene fare il gioco pesante.

– Questo lo vedremo poi, – disse l'uomo. – Adesso andiamo.

Reggiani passò per primo e l'uomo gli venne subito appresso, la pistola in tasca. Ma una voce familiare gli risuonò alle spalle:

– Fermi tutti. Si torna indietro. E tu non fare scherzi, se tieni al sedere.

Reggiani si voltò: – Ferrario! Non sono mai stato cosí contento di vederti –. E mentre rientravano in camera: – Non ti avevo ordinato di lasciare a casa l'artiglieria?

– Ma, dico... – abbozzò il tenente Ferrario.

– Tre giorni di consegna. Gli ordini non si discutono... Poi mi spiegherai come sei riuscito a scansare i controlli dell'aeroporto.

– Be', l'ho smontata... Un pezzo qui, un pezzo là... E adesso, che ne facciamo di questo?

– Lo consegniamo a Steiner.

– Chi, Superkraut?

– Smettila, Ferrario. Si dice «il nostro ospite».

Reggiani chiamò la polizia svizzera per consegnare l'ingombrante ospite e con loro pianificò l'isolamento totale dei trafficanti che detenevano i quadri.

La contessa partí il giorno dopo, e appena i giornali italiani ebbero dato la notizia del suo arresto, il tenente Ferrario ebbe mano libera con la sua segretaria e riprese per suo tramite i contatti con gli uomini di Piazza. Di tanto in tanto il colonnello Reggiani lasciava giungere fino a loro qualche segnale allarmante perché si sentissero braccati e in pericolo. La strategia, pur se a rilento, funzionò. In gennaio le loro richieste erano già scese a centocinquanta milioni.

A febbraio Ferrario aveva ormai concluso: a lui doveva essere permesso di vedere i quadri («Vedere cammello, comprare cammello», aveva detto, citando, pare, un vecchio proverbio arabo). Appena li avesse visti in buona salute, avrebbe dato ordine di pagare in Italia la cifra pattuita agli emissari di Piazza, che si sarebbero fatti vivi in un casolare abbandonato nei pressi di Mercatino Conca, nelle Marche.

La segretaria della contessa preparò l'incontro, ma gli uomini di Piazza non avevano nessuna voglia di incontrare un ufficiale dei carabinieri, per cui si tennero fuori portata. Lasciarono detto che i quadri erano già nella sua camera d'albergo.

Ferrario entrò e rimase per un poco senza fiato. Erano in terra, appoggiati alle pareti, c'erano tutti: *La Muta* nel suo abito operato, gli anelli alle dita, gli sbuffi di velo trasparente sulle spalle, la Vergine di Senigallia sul suo trono, attorniata dai suoi devoti e, infine, gli enigmatici gentiluomini di Piero, che parlavano fra loro, sommessamente, mentre sullo sfondo, come in un inquietante teatrino, Gesú era flagellato dai suoi aguzzini. Il tenente Ferrario si inginocchiò osservando ogni centimetro delle superfici dipinte, poi si alzò e chiamò sul walkie-talkie. La voce gli tremava: – Sono salvi, comandante. Sono salvi.

Dall'altra parte venne un lungo sospiro di sollievo: – Grazie a Dio, – disse il colonnello Reggiani.

– Può far scattare l'operazione in Italia, comandante.

– Già. Tu intanto aspetta lí che arrivi Steiner con i suoi.

– E chi si muove?

– Ah, Ferrario.

– Dica, comandante.

– Quei tre giorni di consegna...

– Sí?

– Due saranno sufficienti... date le circostanze.

A Mercatino Conca gli uomini di Piazza non si presentarono a ritirare i centocinquanta milioni concordati: avevano fiutato puzza di strinato. Organizzarono un nuovo appuntamento al bivio di Tavullia ma nemmeno lí si presentarono. Ormai non valeva piú la pena rischiare per una cifra cosí modesta.

Intanto gli uomini di Steiner cercarono di beccare gli altri che, secondo le informazioni che avevano raccolto, dovevano essere in attesa nei pressi dell'albergo a bordo di una Renault rossa, ma non ebbero miglior fortuna. Soltanto verso la fine dell'anno

Piazza e i suoi furono incastrati e arrestati uno dopo l'altro dal maresciallo Carras. Dicono che prima di consegnarli al giudice li abbia presi a sberle con quelle sue manacce come badili, raccomandando loro di non provarci piú.

I quadri furono ufficialmente riconsegnati alla città di Urbino il 29 marzo, poco piú di un anno dopo che erano stati rubati.

Il tenente Ferrario notò, il giorno della consegna solenne, o forse gli parve di notare, la contessa di Montecroce confusa tra la folla che ammirava i dipinti, e da quel giorno si mise in testa di saperne di piú su quel misterioso personaggio. Indagò sul suo passato e consultò la documentazione che la concerneva, specie quella che riguardava il sequestro e la morte del figlio. Temeva che nel suo desiderio di vendicarsi finisse per creare altri guai e coinvolgere nuovamente chi non aveva fatto che aiutarla.

Il colonnello Reggiani si era adoperato perché non rimanesse alcuno strascico della vicenda che la riguardava e di cui soltanto loro due erano a conoscenza, e Ferrario ebbe l'impressione che il suo comandante fosse animato da qualcosa di piú che un semplice sentimento di compassione. Intensificò le ricerche e non risparmiò, quando gli si presentò l'occasione, né l'ufficio né le carte riservate del colonnello Reggiani. E cosí giunse a scoprire cosa era realmente accaduto nei drammatici giorni del sequestro Montecroce. In fondo a un fascicolo vide una foto che ritraeva il figlio della contessa mentre incontrava, in una casa di campagna, quelli che sarebbero poi divenuti i suoi sequestratori, e vide gli appunti del colonnello.

Il sequestro era stato organizzato dal giovane stesso per impadronirsi subito del patrimonio di famiglia, ma alla fine i complici lo avevano tolto di mezzo per non dividere con lui il denaro del riscatto.

Il tenente Ferrario pensò di raggiungere la contessa e di raccontarle tutto, di dirle che tempra d'uomo era colui che aveva trattato sempre con tanta alterigia, poi si fermò. Pensò che doveva esserci un motivo piú che valido se il comandante Reggiani aveva voluto risparmiare a quella donna una verità tanto amara. Un motivo che meritava il suo rispetto e, soprattutto, il suo silenzio.

Intrigo internazionale

Il Buti era sfortunato, ultimamente. Dire che capitavano tutte a lui era dir poco: ai primi di settembre, quando la gente torna dalle vacanze e ha bisogno di rifarsi il guardaroba, i ladri gli avevano vuotato il negozio di confezioni. Ripulito. Neanche un paio di mutande gli avevano lasciato. Fortuna che era assicurato. Però, si sa come sono le assicurazioni: quando c'è da farti firmare la polizza ti promettono mari e monti, poi, quando c'è da pagare, tirano fuori clausole e cavilli a non finire. In attesa che quelli si decidessero a sganciare non poteva mica restare con il negozio vuoto, cosí andò in magazzino e ricomprò tutta la roba per poter accontentare i clienti.

Manco a farlo apposta, di lí a una settimana i ladri tornarono e lo ripulirono di bel nuovo.

Poco mancò che gli venisse un colpo, al Buti. «Io li ammazzo, quelli, – diceva. – Com'è vero Iddio, li faccio secchi». E da quel giorno, anzi da quella notte, si era portato una brandina in negozio e dormiva là con lo schioppo carico appoggiato al muro.

Il maresciallo Rinaldi, saputo della cosa, aveva cercato di fargli intendere ragione, raccomandandogli di non far corbellerie, ché se li avesse beccati sarebbe stata una disgrazia per lui e non un vantaggio, ché ognuno deve fare il suo mestiere e via cosí, ma non c'era stato verso. Il maresciallo era convinto in ogni caso che i ladri non fossero tanto stupidi da rubare per la terza volta nello stesso posto.

Una mattina, verso la fine di ottobre, il Buti sentí degli strani rumori provenire da via degli Spadari e saltò su come una molla: vuoi vedere che quelli ci riprovavano dalla parte del retrobottega?

Quatto, prese il fucile, raggiunse il magazzino, entrò nella toilette e si sporse dalla piccola finestra per sbirciare nel vicolo quasi immerso nell'oscurità. C'era un lampione, a dire il vero, ma la lampada era fulminata. Un poco di luce veniva da un'insegna pubblicitaria che si accendeva e si spegneva a breve distanza.

No, non ce l'avevano con lui quelli che si stavano dando da fare nel vicolo: qualcuno passava degli oggetti da una porticina, qualcun altro li prendeva e li passava a un terzo individuo che li sistemava dentro un Fiat Ducato con le insegne di un'agenzia di spedizioni. Pensò che fossero operai che lavoravano di notte a un trasloco per non disturbare il traffico di giorno. Indossavano delle tute uguali come divise, con il loro bravo berretto dello stesso colore.

A dire il vero, uno di loro aveva un accento strano quando disse: – Dài, chiudi, ché andiamo, – ma il Buti non ci fece gran caso e tornò a stendersi sulla branda. Due o tre ore di sonno poteva ancora concedersele, prima che facesse giorno.

La sera dopo, mentre abbassava la saracinesca per andare a casa a mangiare un boccone, sentí la voce del maresciallo Rinaldi che lo salutava: – Oh, Buti, ha visto che son tornati i ladri nella sua strada?

– I ladri? E quando?

– Stanotte. Han rubato nella pinacoteca comunale. Ventinove dipinti, purtroppo. Un bel guaio. Ma lei ha dormito qui, stanotte?

– Oh, per la miseria! – disse il Buti. – Ma allora quei tre con il furgoncino...

– Furgoncino? Quale furgoncino? – chiese il maresciallo.

Il Buti cominciò a raccontare quello che aveva visto, ma a quel punto il maresciallo lo convinse ad andare con lui, ché voleva presentargli una persona.

Poco dopo era seduto all'interno della stazione dei carabinieri e aveva davanti un pezzo di giovanotto in jeans e giubbotto di pelle, con due spalle come un armadio e una faccia da ragazzo, che si presentò garbatamente:

– Sono il tenente Marco Ferrario.

– Il signor tenente, – spiegò il maresciallo, – fa parte di un reparto speciale che si occupa di furti di questo genere: opere d'arte, dipinti, antichità. Gli racconti bene, per filo e per segno, tutto quello che ha notato questa notte, senza trascurare nessun particolare.

Il Buti vuotò il sacco, anche se poi non è che avesse gran che da dire. Benché la luce fosse poca, si ricordava il colore del furgone e un po' di targa, e poi gli aveva fatto una certa impressione quel tizio che aveva una faccia, come dire, da zingaro, con capelli scuri e barba e baffi e quello strano accento.

– Giurerei che è quel romeno... come si chiama... – disse il colonnello Reggiani quando ebbe udito la relazione del tenente al telefono.

– Nicolescu?

– Bravo. Proprio lui.

– È un'idea.

– Che terre batte?

– Qui a Bettona nessuno lo aveva visto mai. Bisogna che mi informi.

– Fallo. Gli esperti del ministero hanno fatto una stima del danno.

– È brutta?

– Due Perugino, un Dono Doni, un Boccanera, una dozzina di tavole e di pale a fondo oro del Tre e del Quattrocento. Una dozzina di miliardi di danno, lira piú, lira meno.

Ferrario si lasciò sfuggire un fischio: – Però, – aggiunse poi, – ho già una serie di elementi per identificare il furgoncino; domattina dovrei avere qualche dato abbastanza sicuro. La terrò informata.

– Ti farò sapere anch'io se salta fuori qualcosa dalle nostre indagini.

Il Buti fu lasciato rientrare per la cena e il tenente Ferrario salí sulla sua macchina e prese a ovest in direzione di Firenze. Era là che voleva mettere il naso.

Appena fu in autostrada, prese a piovere. I Tir, passandogli a fianco a tutta velocità, gli sbattevano ondate d'acqua sporca sul parabrezza e lo schiacciavano contro il guardrail tentando azzardati sorpassi. «Ma quelli della stradale dove sono? – borbottava tra sé. – Guarda che disgraziati. E poi dicono che succedono gli incidenti».

Al casello di Firenze Signa uscí e raggiunse il suo albergo. Era quasi mezzanotte ma non aveva voglia di andare a dormire. Si buttò addosso un eskimo e andò a piedi per la città. Ricordava un bar che aveva frequentato a lungo ai tempi dell'accademia quando seguiva i corsi di Storia dell'arte antica, medioevale e moderna alla facoltà di Architettura. E ricordava un amico, un compagno di liceo. Uno che negli anni di piombo aveva combattuto dall'altra parte della barricata. E aveva perso. Chissà... magari era ancora in circolazione.

C'era ancora gente in giro, ragazzi americani perlopiú, e qualche turista giapponese che non voleva sprecare neanche un minuto delle sue ferie culturali fiorentine. Stavano a naso per aria a guardare il campanile di Giotto, spettrale nella pioggia insistente.

Svoltò dietro il duomo e trovò il suo vecchio, piccolo bar, ancora illuminato, con i tavoli affollati e l'atmosfera obnubilata da un denso fumo azzurro. Sbirciò dalla porta a vetri, e lo vide, o almeno gli parve lui, da come gli dava le spalle.

Entrò e ordinò una bottiglia di vino, un Chianti di fattoria di quello buono, poi si avvicinò al tavolo. Era proprio lui, Remo Fabbri. Stava seduto da solo e leggeva il giornale.

– Fra mezz'ora esce quello nuovo, – disse Ferrario. – Che fai, leggi il giornale a mezzanotte?

– Marco, che sorpresa! Ma non startene lí in piedi, siediti.

Il tenente Ferrario si sedette, appoggiò sul tavolo la bottiglia e i due bicchieri e versò un po' di vino.

– Ai bei tempi? – disse alzando il bicchiere.

Remo Fabbri alzò il suo per brindare: – Ai bei tempi, – disse.

– Allora come ti butta? – chiese Ferrario.

– Da far schifo. E a te?

– Non mi lamento. Insomma, si sta in movimento, si corre, ci si rode il fegato qualche volta, ma nel complesso va.

– Beato te. Io vorrei trovare il coraggio di farla finita.

– Non dici sul serio.

– Altroché se dico sul serio. Pensi che sia facile ricominciare da zero a trentacinque anni?

– E Monica?

– Lei è stata piú furba. Ha sposato un architetto del comune: attico in centro, casa di campagna a Fiesole, due macchine, due bambini, due gatti, la baby sitter. Classico, no? Ma dimmi di te. Di che ti occupi adesso, fai il gorilla di qualche grosso papavero di Montecitorio? Il fisico ce l'hai.

Ferrario abbassò gli occhi senza dire una parola, poi versò ancora del vino.

– Scusami, – disse il giovane. – Non volevo offenderti. In fondo tu hai fatto la scelta giusta. Sono io lo stronzo. Quello che conta, nella vita, è stare dalla parte di chi vince. *Vae victis*...

– Quello che conta è stare dalla parte della gente, Remo. La gente, alla lunga, vince sempre... Comunque, se è questo che vuoi sapere, faccio l'investigatore... investigatore di tipo un po' speciale... recuperiamo capolavori rubati. Hai saputo del furto a Bettona di ieri notte?

Remo Fabbri sfogliò il giornale: – Bettona... sí, l'ho visto qui nelle pagine di cronaca. E allora?

– Niente. Me ne sto occupando. Sono arrivato un'ora fa. Solo che non mi andava di dormire e cosí ho fatto due passi.

– Mi dispiace, ma non ti posso aiutare. Non mi sono ancora messo nel giro della mala. Domani, chissà...

– Davvero, come va?

– Non ti preoccupare. Di riffa o di raffa il lunario lo sbarco. Lavoro da un restauratore di mobili. Non senti che puzzo di trementina? Sette, ottocentomila al mese le rimedio, se ho voglia di lavorare. L'alloggio c'è, mi sono trasferito in un buco che chiamano mansarda.

– Il tuo capo restaura anche quadri?

– Qualcuno.

– Ah.

– Oh, non ti fare illusioni. Niente di importante. Solo croste da chiese abbandonate. Santi neri come il carbone che non vuole nessuno.

– Non si sa mai. Se dovessi sapere qualcosa, io sono in giro.

Remo Fabbri sorrise ironico: – Andiamo, Marco, ti sembro ridotto cosí male da mettermi a fare la spia alle madame?

– Fai quel cazzo che ti pare, Remo. Non ti ho mai chiesto nulla, mi pare, e non comincerò adesso a farlo. Stammi bene.

Si alzò e andò alla porta.

Remo si alzò a propria volta e lo raggiunse: – Non fare lo stronzo, dài. Scherzavo, davvero –. Lo trascinò verso il tavolo: – Ci facciamo il bicchiere della staffa, – disse, – ecco. Ti giuro che mi ha fatto un gran piacere rivederti. Mi ha fatto ricordare i vecchi tempi. Stavamo bene insieme. Ci divertivamo un sacco. Dammi il tuo numero di telefono. Se mai mi capitasse di sapere qualcosa, mi faccio vivo.

Si scambiarono i numeri di telefono e Marco Ferrario si alzò di nuovo. – Ora devo proprio andare, domattina inizia la caccia. Resto a Firenze per qualche giorno. Se ti va di vedermi.

Uscí tirandosi in testa il cappuccio dell'eskimo e trotterellò verso l'albergo. Anche Remo Fabbri uscí e si diresse alla fermata dell'autobus. Un brivido di freddo gli penetrò fin dentro le ossa. Forse stava per beccarsi l'influenza.

Il telefono squillò proprio mentre il tenente Ferrario aveva aperto la doccia e si era insaponato i capelli, ma data la situazione pensò che non era il caso di lasciarlo suonare a vuoto. Si avvolse la testa in un asciugamano e masticando imprecazioni andò all'apparecchio.

– Ferrario, sei tu? – chiese una voce ben nota.

– E certo che sono io, comandante. Nudo e con la testa piena di sapone.

– Risparmiami i particolari. Dunque, il Fiat Ducato appartiene a uno che già in passato ha tenuto il sacco a Nicolescu, un tale Rosario Carini di Siracusa. Mi pare fin troppo facile. Vedi di beccarlo, possibilmente sul fatto, possibilmente con i complici, e portamelo in confezione regalo.

– C'è altro che posso fare per lei, comandante?

– Per ora basta cosí. Datti una mossa.

Ferrario riguadagnò la doccia e finí di lavarsi senza ulteriori seccature. Quando fu al comando, l'operazione era già programmata: pedinamenti e intercettazioni telefoniche. Era stata una fortuna che quel povero Buti fosse stato svaligiato un paio di volte. Era proprio uno dei casi in cui lo svantaggio del «particulare», per dirla con il Guicciardini, coincideva con l'interesse pubblico.

Passarono alcuni giorni in cui le operazioni di routine tendevano a stringere il cerchio attorno ai rapinatori. Sempre ammesso che fossero loro. Ma i risultati tardavano ad arrivare.

Una sera Ferrario chiamò il suo amico:

– Remo, ho bisogno di una mano.

– Ho capito. Sei nella merda.

– Non proprio. Però, come si suol dire, bisogna imprimere una svolta decisiva alle indagini. Il mio capo mi rompe le tasche un giorno sí e l'altro pure.

– Non so... cosa posso...

– Per caso, non sai di qualcuno del giro che abbia bisogno di un lavorante? Io ci so fare con i quadri, anzi, sono piuttosto bravo. Ho studiato all'Istituto centrale del restauro.

– Ci posso provare, ma... insomma, poi ti devi arrangiare, perché io sarei fregato se si viene a sapere che...

– Non ti preoccupare. So come comportarmi. Tu non c'entri.

Passò una settimana prima che Remo Fabbri si facesse vivo. Aveva sentito di un tale che cercava un esperto di restauro per sistemare alcuni quadri importanti. Roba grossa e delicata. Ma era chiaro che volevano anche un certo tipo di referenze.

Ferrario si presentò in versione «topo di pinacoteca»: un cachet sulle tempie e capelli sugli occhi, mezzi occhiali al collo che si metteva sul naso ogni volta che doveva osservare qualcosa da vicino, giacca di tweed sdrucita quanto basta. Il colonnello Reggiani gli aveva procurato delle credenziali sufficientemente malavitose da non destare sospetti. Fu preso in prova.

In capo a un paio di giorni piazzò pulci nel telefono e in altri punti dell'ufficio e del laboratorio. I quadri da sistemare arrivarono qualche giorno dopo. Pezzi di notevole importanza: scuola del Guercino, scuola del Francia, persino un frammento di affresco, forse un Bicci di Lorenzo tagliato con il flessibile dalla parete di una qualche chiesetta di campagna. Rubati dal primo all'ultimo, ovviamente. I quadri di sicuro da dimore private. Il tenente Ferrario si mise al lavoro non senza una certa trepidazione, data l'importanza delle opere su cui doveva intervenire.

Aveva preso alloggio in una pensioncina per non dare troppo nell'occhio, e da lí aveva trasmesso le fotografie dei quadri al centro di Roma. Non c'era voluto molto al colonnello Reggiani per individuare dove erano stati rubati. I sospetti ancora una volta si appuntavano su Nicolescu e la sua banda.

Ogni tanto al laboratorio arrivava il padrone a dare un'occhiata e a sorvegliare il procedere dell'opera. Un giorno che i quadri erano pronti arrivò con il committente, Rosario Carini in persona, accompagnato da una donna, una signora sulla quarantina che doveva essere stata belloccia da ragazza e che mostrava di non avere ancora raggiunto la pace dei sensi da come guardava Ferrario. Il tenente sentí che Carini la chiamava Anna. Dopo che ebbero osservato compiaciuti la ripulitura effettuata sui quadri, si ritirarono nell'ufficio a confabulare. Ferrario attivò la piccola radiospia collegata alla pulce nel telefono e poté udire quello che si dicevano.

La sera stessa chiamò il colonnello Reggiani:

– Ci sono buone notizie e cattive notizie. Quali vuole per prime?

– Dammi le cattive, cosí mi tolgo subito il dente.

– La roba non è piú in Italia.

– Maledizione! E dove sta?

– Non lo so. Posso solo dirle che l'hanno spedita.

– E le buone notizie?

– Fra due giorni viene il romeno con la sua bella e Rosario Carini. Devono ritirare i quadri e altro materiale. Mi sembra di aver capito che lavorano anche con dei tombaroli della zona di Orvieto. Io direi di pizzicarli e poi di farli cantare.

– Sei sicuro che non puoi avere altre notizie?

– Secondo me, no. E sono anche in una posizione scomoda.

– Stai tranquillo. Arresteremo anche te cosí non ci saranno sospetti.

– Ma comandante, non mi farà passare Natale in galera, per caso?

– Come? Ma no. Mi servi fuori. Ci sono altre cosette da fare.

– Ah, – rispose Ferrario, che per un momento si era già visto in tenuta da sci in una stazione invernale e in buona compagnia.

Il colonnello Reggiani depose la cornetta, indossò il soprabito e scese in strada. La piazzetta era illuminata con le decorazioni natalizie e dall'interno della grande facciata barocca di Sant'Ignazio venivano le note di un organo che suonava una pastorale. Pensò ai giorni in cui Flavia lo attendeva a casa con Teresa ancora piccola per la cena di Natale, e pensò che Teresa aveva ormai le sue amicizie, che presto avrebbe preferito trascorrere le vacanze per conto proprio e lui sarebbe rimasto solo. S'incamminò lungo la strada che conduceva al Pantheon e quando uscí nella piazza alzò lo sguardo, come sempre, sul grandioso frontale del tempio, sulla scritta di bronzo che vi campeggiava.

M. AGRIPPA L. F. COS III FECIT

Un lieve sorriso gli attraversò lo sguardo. Era lui, con i suoi uomini, il mastino a guardia di quella casa degli dèi e di tutti i luoghi in cui viveva la memoria di un passato millenario. E anche quello, finché fosse durato, sarebbe stato bello.

Teresa scese da un taxi e gli corse incontro.

Il tenente Ferrario, con le manette ai polsi e la giacca in testa, fu arrestato e strattonato in una macchina dei militi dell'Arma la sera dopo, verso le ventidue, e immaginava come avrebbe ridacchiato di gusto il comandante, stravaccato in poltrona, a vedere il telegiornale della notte. Gli altri membri della banda seguirono subito dietro.

Si sbagliava. Il colonnello Reggiani era già ad aspettarlo nel carcere di Firenze per capire che cosa si potesse sapere dai primi interrogatori.

– Comandante. Qui l'unico che parla sono io, – disse Ferrario dopo che si fu cambiato d'abito. – Ma quello che ho da dire lo sa già. Questi non scuciono una sillaba.

Reggiani si accese una sigaretta: – Intanto abbiamo sequestrato un sacco di roba, poi abbiamo trovato indizi importanti dalle registrazioni sulle tue pulci. Ci sono altri due nel giro. Forse i nomi piú di spicco. Ma, da quanto si può capire, hanno preso il volo da mesi.

– Li conosco?

– Credo di sí: Maria Sirai e Alfonso Corleo.

– Gente del giro… Però, però…

– Non convincono neanche te?

– Mah, non so. È uno stock talmente grosso che Corleo, da solo, non mi sembra all'altezza.

– Mmm... – fece Reggiani. Poi si alzò e si diresse alla porta. – Andiamo.

Le strade erano piene di gente con le braccia piene di pacchi che tornava a casa per la cena di Natale. Reggiani gettò il mozzicone della sigaretta e lo schiacciò sotto il tacco dello stivale.

– Hai ragione, – disse. – Corleo non ha il fisico per una roba di questa stazza.

– Ma allora chi può esserci dietro?

– Temo che non lo scopriremo questa sera. Ascolta, io devo ancora comprare un regalino per mia figlia. Tu puoi anche levarti dai piedi per tre o quattro giorni.

– Grazie, comandante, – disse Ferrario. – Lei è un uomo generoso, in fin dei conti. Buon Natale.

Il colonnello Reggiani alzò il bavero del montone e si incamminò lungo la via piena di luci e di passanti. Entrò in un negozio di hi-fi e scelse un lettore di compact disc. Ci aggiunse anche qualche disco. Per sé scelse *Equinoxe* di Jean Michel Jarre.

Arrivò a casa poco prima delle nove, in tempo per la cena. Teresa gli aveva comprato una vestaglia di Ferré in cui doveva aver investito tutti i suoi risparmi. E anche un disco. *Equinoxe*, di Jean Michel Jarre.

Gli arrestati non scucirono una parola che potesse aiutare le indagini e si beccarono diversi anni di galera dal giudice di Perugia, ma era una magra consolazione per il colonnello Reggiani, che si trovava in alto mare. Un primo spiraglio si aprí versò la fine di gennaio, quando dall'Interpol gli venne la notizia che Alfonso Corleo e Maria Sirai erano ricercati in Francia e in Spagna, per truffa aggravata ai danni di una compagnia svizzera specializzata nel commercio delle pietre preziose grezze. La notizia lo convinse sempre di piú che i due erano solo degli esecutori: condotto a termine un furto si erano ora dedicati a una truffa. Bisognava arrivare al committente vero.

Sguinzagliò tutti gli investigatori di cui disponeva e passò al setaccio gli ambienti del traffico di opere d'arte. Una sera di febbraio, mentre sedeva nel suo studio per dare un'occhiata al giornale, squillò il telefono. Era il capitano Alfieri, suo vice alla centrale.

– Comandante, abbiamo individuato un anello debole nella catena: c'è un tale che ha lavorato con Barra e con Nicolescu che ha fatto uno sgarro ed è terrorizzato. Se lo aiutiamo credo sia disposto a collaborare.

– Dov'è adesso?

– In una casetta sulla Nomentana. Caruso e Loporto lo stanno sorvegliando in modo discreto.

– Va bene. Ci vado io.

Scese in strada e salí in macchina. La casetta era piuttosto una catapecchia, una vecchia costruzione colonica abbandonata da tempo, con i muri scrostati e il tetto mezzo sfondato. Caruso e Loporto dovevano essere nel furgoncino parcheggiato nel distributore di benzina. Entrò nel cortile e si guardò intorno. Non c'era nemmeno una lampadina accesa. Non c'era un'anima nei dintorni. Si udiva solo il rumore delle auto che sfrecciavano sul raccordo anulare non distante. Bussò a una porta sgangherata.

– Chi è? – disse dopo un po' una voce.

– Un amico che ti può togliere dai guai.

La porta si aprí e apparve un uomo avvolto in una coperta, gli occhi infossati e la barba di tre o quattro giorni.

– Chi sei? – chiese.

– Il mio nome non ha importanza. Ho bisogno di un'informazione. In cambio ti faccio portare dove vuoi da gente fidata e di nascosto. E ti faccio avere anche dei soldi.

– E se non parlo?

– Faccio sapere il tuo indirizzo ai tuoi creditori. Mi sono spiegato?

L'uomo impallidí.

– Ma dove li hai messi i soldi della droga... ti sei fatto fregare da una donna, eh? Bravo fesso.

L'uomo gli fece cenno di seguirlo. Raggiunsero una camera con una specie di cuccia in terra fatta di cartoni e di vecchie coperte, l'unico ambiente in cui non ci fossero correnti d'aria e in cui si potesse accendere una lampadina.

– Ha una sigaretta? – disse. Reggiani gli porse il pacchetto e fece sprizzare la fiammella dal suo Zippo. – Sí, mi ero messo con una che mi piaceva. Stavamo bene insieme.

– Una che batteva. A quel che so.

– Quelli, se permette, sono cazzi miei.

– Piú che giusto. Insomma, un giorno se ne è andata col malloppo e tu sei rimasto con il culo scoperto, no?

– Quelli non scherzano. Se non pago entro domani... – Fece un gesto significativo.

– Mi sembra che tu non abbia scelta. Allora, sputa il rospo. Chi c'è dietro il romeno, Rosario Carini e gli altri?

– C'è... Salazar. Dante Salazar. È lui che ha impacchettato i quadri e li ha spediti all'estero.

– Salazar... ma è un trafficante di droga. È la stessa persona?

– È lui, – disse l'uomo.

– E dove li ha spediti questi quadri?

– In Giamaica.

– In Giamaica? Guarda che se hai voglia di scherzare hai sbagliato indirizzo. Io me ne vado e faccio subito una bella telefonata anonima a quelli là.

– No, no. Li ha proprio spediti in Giamaica. Ho portato io la barca fino in Corsica. Hanno caricato tutto su un mercantile diretto in Giamaica.

– Ma perché mandarli laggiú?

– Questo non lo so. Le giuro che non lo so.

– Va bene, – disse il colonnello Reggiani. – Vieni con me –. Ritornarono alla porta d'ingresso. – Lo vedi quel furgone nel distributore di benzina? Fra un'ora raggiungilo e sali a bordo. Ci sono degli amici che ti porteranno al sicuro. Appena ci saremo accertati che hai detto la verità, avrai anche i soldi che ti ho promesso. Nel frattempo avrai un alloggio decente, degli abiti puliti, da mangiare e da bere. Donne niente, ho visto che ti fanno male.

Si allontanò dopo essersi assicurato che non ci fosse nessuno nei dintorni, poi tornò in città. Giamaica. Ma perché in Giamaica? Era abbacchiato. L'idea di cercare quadri del Rinascimento italiano in una repubblica dei Caraibi dove ogni giorno poteva succedere tutto e il contrario di tutto, lo metteva in crisi. Pensò di dormirci sopra. L'indomani si sarebbe rivolto di nuovo a quelli dell'Interpol.

– Giamaica? Benissimo. Dov'è il problema? Io parto anche domani.

– Calma, Ferrario. Qui non si tratta di una vacanza in un paese tropicale, ma di una missione al seguito di una rogatoria internazionale con il compito di cercare un ago in un pagliaio. Per di piú il pagliaio è sconvolto da un tornado. La Giamaica è malmessa, ci sono disordini gravi, sarà tutt'altro che una passeggiata.

Il tenente Ferrario accennò di sí con la testa, ma si vedeva benissimo che non vedeva l'ora di partire:

– Se ho ben capito, – disse, – Dante Salazar spedisce i quadri in Giamaica e poi scompare in Sudamerica. L'Interpol riesce a stanarlo in Argentina ed emette un mandato di cattura internazionale per traffico di stupefacenti.

– Già, – disse il colonnello Reggiani. – Noi l'avevamo già condannato a piede libero due anni fa per traffico di stupefacenti: ha dieci anni di galera sulla gobba se lo agguantano le nostre autorità. La polizia argentina lo ha trovato in possesso di documenti falsi ma, quel che piú importa per noi, gli hanno trovato addosso la lista dei quadri rubati.

– Perfetto, siamo a cavallo. Allora, forse è meglio che io parta prima per Buenos Aires per sentire che cosa ha da dire il nostro pollo.

– Non so, non ho ancora deciso. Forse potrebbe andare a Buenos Aires il capitano Alfieri e tu potresti andare in Giamaica appena lui ci fa sapere. Comunque, fra un poco dovrebbe arrivare uno dell'Interpol per darci le ultime notizie.

L'ufficiale dell'Interpol entrò dopo una mezz'ora con la faccia scura.

– Che succede? – chiese Reggiani intuendo qualche grana.

– Il merlo ha preso il volo.

– Maledizione. Ma come ha fatto?

– Semplice: le autorità argentine lo hanno processato solo per il reato di falsificazione dei documenti. La nostra richiesta di rogatoria non l'hanno nemmeno presa in considerazione. Salazar ha pagato senza batter ciglio cinquemila dollari di cauzione, dopo di che se l'è filata, bello come il sole.

– Bel guaio, – disse Reggiani. – E adesso siamo punto e da capo.

– Non proprio, comandante, – disse il tenente Ferrario. – A Buenos Aires qualche amico con le orecchie lunghe ce l'abbiamo ancora, no?

L'ufficiale dell'Interpol e il comandante Reggiani si scambiarono un'occhiata d'intesa, poi Reggiani disse: – Ferrario, tienti pronto a partire.

Il volo Iberia delle 23,30 da Madrid via Tenerife toccò terra all'aeroporto di Buenos Aires con pochi minuti di ritardo, e il tenente Ferrario si mise diligentemente in fila per il ritiro del bagaglio. Dai documenti risultava essere il dottor Luciano Galli, chimico industriale in viaggio di affari.

Raggiunse l'albergo in avenida Juan Blázquez e si sistemò adeguatamente prima di porre mano al suo carnet di impegni. Il primo incontro era previsto per l'ora di cena, con un impiegato del ministero della Giustizia di nome F. Grimaldi, di origine italiana, ovvio.

Pensò di buttarsi sul letto e farsi una dormitina per recuperare un po' della nottataccia in aereo, rubata al sonno per guardare per la quinta volta *The Blues Brothers* con John Belushi e Dan Aykroyd. Ma quel film lo faceva impazzire e non poteva trattenersi dal guardarlo quando lo passavano in Tv.

Si svegliò verso le ventuno, indossò un abito di gabardine chiaro, prese la ventiquattrore da manager e si avviò a piedi nell'avenida che cominciava ad animarsi per raggiungere il massimo della movida fra le ventidue e mezzanotte.

Il ristorante si affacciava su una stradicciola laterale e allineava sul marciapiede dei tavoli coperti con linde tovagliette a quadri. All'interno pendevano dagherrotipi ingialliti con scene della pampa argentina, immagini di *gauchos* con pantaloni in pelle borchiati, sombrero e *bolas*. Un grande quadro di Garibaldi giovane con Anita pendeva dalla parete principale, a ricordare le origini del gestore.

– *Señor* Galli, *buenas tardes*. Il suo tavolo è già pronto, – gli disse garbatamente il maître. E lo accompagnò in un angolino riservato del locale.

L'ospite non si fece attendere molto, ma quando gli fu presentato, Ferrario non poté nascondere la sorpresa. Si trattava di una bella ragazza bruna sulla trentina, dai capelli lunghi e ondulati e dal corpo snello e armonioso.

– Sono Francesca Grimaldi. Lieta di incontrarla, tenente.

– Vedo che possiamo giocare a carte scoperte, – disse Ferrario.

– Certo. Non ci sono problemi fra di noi.

– Ma io mi aspettavo di...

– Lo so, ma vede, il mio collega che è di solito il contatto diretto con il vostro comando, è in difficoltà e ha ritenuto opportuno che svolgessi io questo incarico, visto che, agli effetti concreti, è esattamente la stessa cosa.

– Non posso che esserne felice, anche se immagino che il suo collega sia persona simpatica ed efficiente.

Il maître, visti gli ospiti a loro agio, prese le ordinazioni e fece servire la cena.

– Allora, – disse a un certo punto la ragazza, – mi sembra evidente che Salazar aveva delle complicità potenti, altrimenti non avrebbe potuto spiccare il volo. E complicità di questo genere non possono che trovarsi a livello politico. Salazar deve avere agganci in alto sia qui in Argentina sia in Giamaica, dove a questo punto si trova. Praticamente al sicuro.

– Quello che non riusciamo a capire è chi possa avere interesse a trasportare tante opere d'arte italiane in Giamaica. Fra l'altro alcune di esse sono molto famose. Di fatto non commerciabili.

– È vero. Per questo ci siamo fatti un'idea particolare.

Ferrario prese dal secchiello la bottiglia di Chardonnay e ne versò un poco nel bicchiere della ragazza. – Continui, la prego, – disse poi.

– Siamo andati per esclusione e ci siamo concentrati su una persona in particolare.

– Chi?

– Si tratta di un uomo molto potente. Membro del senato della Giamaica, grande elettore del presidente in carica e molto legato a certi ambienti della giunta al potere qui da noi.

– Capisco. Ma ammesso che questo personaggio sia il committente, come farà a smerciare tanti quadri preziosi e famosissimi?

– Aspetti. Non è finita.

La ragazza estrasse dalla borsetta una fotografia che ritraeva il senatore giamaicano assieme al presidente di un paese centroamericano.

– Ma questo è... – disse il tenente Ferrario.

– Già, proprio lui. E immagino che anche lei ne conosca la passione sfrenata per i quadri antichi.

– Sí, ma... Accidenti, ci sono! Allora: il nostro illustre presidente gode fama di forti implicazioni con il cartello del narcotraffico colombiano: il senatore vuole ottenere una megapartita di droga che farebbe poi smerciare da Dante Salazar in Europa. Non ha contanti per una quantità cosí elevata di roba, e allora decide di pagare in natura visti i gusti del destinatario: attiva Salazar che a sua volta mette in pista Carini, Nicolescu e gli altri.

– Piú o meno anche noi crediamo che le cose siano andate in questo modo, – disse la ragazza.

– Sí, ma che cosa ci vuol fare il nostro senatore con i soldi di una partita di quelle proporzioni? Guardi che i quadri sono stimati fra i sette e gli otto milioni di dollari.

– Consideri che in questo tipo di relazioni la stima sarà senz'altro inferiore, ma è pur sempre un valore molto elevato. Abbastanza da far pensare a un sostegno alla attuale giunta, piuttosto traballante, forse addirittura in pericolo. Gli americani non vogliono piú saperne di certa gente divenuta impresentabile.

– Era ora, – disse Ferrario. – Qui il caffè come lo fanno?

– Come a Roma. Ci può scommettere. *Camarero? Dos cafes, por favor.*

Il cameriere tornò poco dopo con due espressi fumanti. Ferrario depose la carta di credito nel piattino perché gli caricasse il conto.

– Mi sembra che non resti che partire per la Giamaica. Ma non sarà facile scoprire dove stanno i quadri. Voi avete qualche contatto laggiú?

– Sí, il direttore dell'hotel *Tropical Intercontinental.* Lí si celebrano i riti sociali dell'aristocrazia locale e lui conosce tutto e tutti. È una persona in gamba, ma non lo fa per la gloria né per la causa.

– Capisco.

– Se vuole possiamo attivarlo fin d'ora, cosicché al suo arrivo potrebbero esserci delle notizie interessanti.

– Gliene sarei grato.

– Non c'è problema. Consideri che sia già fatto.

– Le va di fare due passi? – chiese Ferrario dopo che il cameriere gli ebbe riconsegnato la carta di credito insieme alla ricevuta.

– Volentieri, – disse la ragazza.

Si incamminarono percorrendo un barrio caratteristico, con casette coloniali e locali tipici. Il tenente Ferrario offrí il braccio alla ragazza, che vi si appoggiò quanto bastava per non mostrare un'ingiustificata ritrosia.

– Posso chiederle una cosa, Francesca?

– Sicuro.

– Perché ci aiutate?

– Mmm... domanda impegnativa... Potrei risponderle che ci sentiamo ancora sufficientemente italiani da appoggiarvi in questo tipo di operazioni.

– Risposta patriottica. E poi?

– Potrei dirle che questo sistema di potere è vergognoso e che consideriamo giunto il momento di gettarlo a mare: se possiamo fargli un dispetto siamo contenti.

– Risposta politica. C'è altro?

– Potrei dirle, infine, che desideriamo farci amici certi settori dei vostri servizi di intelligence ed escluderne altri... sa di chi parlo, vero?

– Lo so, – disse il tenente Ferrario. – E me, come mi considera?

– Se la sua scheda personale e quella del suo comandante non fossero impeccabili, ai nostri occhi, intendo dire, lei avrebbe cenato da solo questa sera. Mi spiego?

– Si spiega benissimo. E la ringrazio.

– Allora, domani le farò avere tutte le informazioni che le saranno utili in Giamaica. Ma se avrà dei problemi non esiti a mettersi in contatto con me. Non lascerò che la facciano sparire in qualche modo poco simpatico.

– Lei è davvero un angelo, Francesca, – disse Ferrario con un sorrisetto agro.

Erano intanto arrivati in prossimità dell'albergo. Ferrario non seppe resistere:

– Le andrebbe di salire per un drink?

– Ahimè, non bevo mai fuori dai pasti, – disse la ragazza, – quanto al resto... Be', non concedo praticamente nulla a un uomo che conosco da meno di tre ore.

– Ha detto... «praticamente nulla».

– Infatti, – disse la ragazza alzandosi in punta di piedi e appoggiandogli un leggero bacio sulla bocca.

– Lei non è affatto male, tenente. Chissà, potrebbe esserci un'altra missione.

– Già, – disse Ferrario. – Non si può mai dire.

– *Adios.*

Sparí in un minuto fra la gente che sciamava su e giú per il marciapiede.

Ferrario salí in camera e chiamò l'operatore:

– Dovrei parlare con questo numero, in Italia, – disse, e pensò, con una vena di sadismo, che a quell'ora Reggiani doveva essersi appena addormentato.

– Il giudice Salerno? È quel signore con il completo di grisaglia a quel tavolo laggiú, – disse il direttore accennando con il capo a una persona piú vicina ai sessanta che ai cinquanta, seduta in fondo al ristorante davanti a un'insalata mista.

Il tenente Ferrario si avvicinò:

– Ha provato a metterci l'avocado? È tutta un'altra cosa.

Il giudice alzò gli occhi dal piatto e fissò il sopravvenuto al di sopra delle mezze lenti che portava sul naso: – Il tenente Ferrario, immagino.

– Già. Sono in attesa delle sue disposizioni.

– Per ora non possiamo agire. Dobbiamo attendere i risultati delle perquisizioni della polizia giamaicana.

– Ah, – fece Ferrario. – Glieli raccomando quelli. Non hanno fatto che buchi nell'acqua. Le perquisizioni sono tutte ampiamente telefonate e quando chiamano noi non c'è piú nulla di interessante. Per me questi ci prendono in giro, e se non ci muoviamo a modo nostro non verremo mai a capo di nulla.

– Lei scherza. Che cosa vuol dire «a modo nostro»? Non vorrà mica giocare a James Bond. Qui la situazione è seria, al limite della rottura. Se poi lei si ficca nei pasticci, si ricordi che l'ambasciata non potrà fare nulla.

– E chi si muove, giudice. Dico solo che cosí non otterremo niente.

Fece per andarsene.

– Senta, tenente, le chiedo solo un po' di pazienza. Forse avremo qualche notizia in piú dall'Interpol, forse il suo collega ci porterà qualche elemento di novità che ci consenta di mettere le autorità locali di fronte alle loro responsabilità.

– Speriamo, – disse Ferrario. – Se ha bisogno di me, sa dove trovarmi –. Guardò l'orologio. – Il capitano Alfieri dovrebbe arrivare con il volo delle ventidue da Santo Domingo.

Uscí, salí sulla macchina che aveva affittato e si diresse verso l'aeroporto.

Si respirava un'aria di fortissima tensione: per le strade saettavano camionette di militari, in certi quartieri crepitavano armi automatiche. Tutto poteva precipitare da un momento all'altro. Mentre attraversava la città vecchia di Kingston, gli parve di notare un'auto che lo seguiva. La tenne d'occhio: non c'era dubbio, c'era una Studebaker che non lo mollava. Provò a seminarla infilandosi nel dedalo di viuzze del mercato, ma quella gente conosceva il posto assai meglio di lui e riusciva facilmente a prevedere le sue mosse.

Gli venne in aiuto la fortuna sotto forma di un corteo di dimostranti: sfrecciò oltre prima che la testa del corteo tagliasse la via dei suoi inseguitori. L'intervento dell'esercito e i tafferugli conseguenti completarono l'opera. Raggiunse l'aeroporto, in pesante ritardo.

Il capitano Alfieri lo aveva aspettato per piú di un'ora, poi, visto che non arrivava, si era risolto a salire su un taxi per farsi condurre all'albergo. Il tenente Ferrario saltò giú dalla macchina e fece per dirgli qualcosa, ma notò che la Studebaker era riapparsa e si era messa appresso al taxi. Persa la prima opportunità, dovevano aver deciso di non perdere la seconda. Gli parve comunque che non lo avessero visto: la loro attenzione doveva essere concentrata sul capitano Alfieri.

Si tenne a distanza e per qualche tempo tutto filò liscio, ma quando il taxi di Alfieri si fu introdotto nella zona del mercato, la Studebaker accelerò e si affiancò: una pistola si sporse dal finestrino posteriore ed esplose un colpo e poi un altro. Il tenente Ferrario aveva dovuto rispettare le regole e non aveva con sé nemmeno uno scacciacani: non gli restava che usare l'auto come un ariete. Si lanciò a tutta velocità e speronò la Studebaker su un fianco, facendola sbandare proprio mentre uno degli occupanti stava prendendo la mira per sparare ancora.

L'autista del taxi accelerò e si infilò con una manovra spericolata in un viale di grande traffico, pattugliato da mezzi di polizia e da militari. Il tenente Ferrario imitò la manovra evitando per un soffio un pesante autocarro carico di canne da zucchero, che si allontanò strombazzando. Raggiunsero l'albergo indenni: il conducente del taxi incassò il suo compenso e sparí. Non aveva l'aria di essersi impressionato.

– Benvenuto a Kingston, Giamaica, – disse Ferrario scendendo dalla sua auto malconcia e avvicinandosi. – Mi pare che ti sia andata bene. O non avevano una gran mira o hanno voluto semplicemente spaventarti.

– Ah, eri tu, – disse Alfieri. – Me la sono vista brutta. Me lo avevano detto che era dura da queste parti, ma non credevo fino a questo punto.

– E non hai visto il peggio. Vieni, ti accompagno in camera tua. Se mi segui forse evitiamo di incontrare il giudice Salerno e ci risparmiamo un ennesimo pistolotto sulle norme del nostro comportamento all'estero.

Salirono in camera. Il tenente Ferrario fece prima un accurato sopralluogo, per assicurarsi che non ci fossero sorprese nell'appartamento.

Alfieri si buttò sotto la doccia.

– Novità? – chiese Ferrario sedendosi in poltrona vicino alla veranda e accendendo la Tv.

– Qualcosa di nuovo abbiamo scoperto, – disse Alfieri dal box. – Da' un'occhiata nella mia valigetta, nel comparto interno... Ci dovrebbe essere una busta bianca a sacchetto.

Ferrario aprí la busta e cominciò a scorrere il rapporto riservato.

– Che te ne pare? – disse il capitano Alfieri uscendo in accappatoio dalla doccia.

– Niente male, davvero niente male. Allora, se ho ben capito, Alfonso Corleo e la sua amichetta Maria Sirai cercano di truffare una compagnia svizzera che commercia in pietre grezze, falliscono e se la svignano prima in Francia e poi in Spagna, dove l'Interpol continua a dar loro la caccia.

– Esatto. Noi però, visto che qui in Giamaica non cavavi un ragno dal buco...

– Ehi, vorrei vedere te con il giudice Salerno che controlla anche se ti sei lavato le mani prima di venire a tavola…

– Insomma, abbiamo ripreso la vecchia pista e abbiamo scoperto che agivano per conto di una compagnia con sede legale a Londra. Con tanto di lettere credenziali, capisci?

– Vedo.

– Abbiamo chiesto ai nostri dell'Interpol e sono riusciti a identificare gli intestatari della compagnia inglese: Jack Connelly e Lucia Muñoz Barreca.

– Ti seguo.

– Bene. Ed è qui che facciamo tombola: Lucia Barreca risulta domiciliata in Giamaica. Ecco l'indirizzo lí, in fondo alla pagina.

– Accidenti, – disse Ferrario. – Accidenti…

– Che c'è?

– Lo sai di chi è questa casa?

– No che non lo so. Sei tu il giamaicano.

– È del senatore William J. Jackson, molto probabilmente il mandante del furto di Bettona.

– Caspita! E secondo te come facciamo a stanare un pesce di quella stazza con le scartoffie del giudice Salerno?

– Per come stanno le cose, è come assaltare Fort Knox con una pistola ad acqua. A meno che…

– A meno che, cosa? – chiese il capitano Alfieri vedendo che Ferrario si avvicinava al televisore e ne alzava il volume.

– A meno che l'opposizione non riesca a prendere il sopravvento sul governo in carica. Senti? Senti? Stanno dando i risultati delle elezioni. Il governo è caduto e si sta formando una nuova giunta.

– Questo significa...

– Che il nostro uomo si è fatto un sacco di nemici e non ha nessuno che lo copra. Se il giudice attacca ora, glielo consegnano su un piatto d'argento, cotto a puntino e con un limone in bocca.

– Già. Ma dobbiamo essere sicuri. Se toppiamo questa volta potrebbe non esserci un'altra possibilità.

– Giusto. Per questo dobbiamo attivare il nostro anfitrione, l'amministratore del *Tropical*. Soldi ne hai portati?

Il tenente Ferrario si presentò in tenuta da campagna e bussò alla porta.

– Vengo, – disse il capitano Alfieri. – Sono quasi pronto.

– Dài, muoviti, ché stavolta portano anche noi. Non vorrai perderti lo spettacolo. Allora, non ci sono dubbi. Il nostro amico dice che il malloppo è ancora là. Se tutto va bene, dovremmo fare centro.

Alfieri uscí anche lui in tenuta da campo e tutti e due scesero in strada, dove li attendeva una camionetta della polizia giamaicana. Salirono a bordo e in poco tempo lasciarono la città per dirigersi verso una località dell'interno.

La villa del senatore William J. Jackson sorgeva in mezzo a una piantagione di manghi e di avocado, ed era attorniata da una recinzione metallica. C'era una via d'accesso principale, fiancheggiata da due file di grandi alberi di ficus lunga piú di mezzo chilometro. Il comandante del gruppo ordinò ad alcune pattuglie di prendere posizione intorno alla recinzione, e lui, con una camionetta di scorta, avanzò per il viale di accesso.

– Lo vedi come sono bravini quando ci si mettono d'impegno? – disse il tenente Ferrario.

Alfieri ghignò: – È chiaro che tanto zelo non è disinteressato. L'uomo ora è scoperto, anzi è un nemico da punire. Bisogna vedere però se non abbia già preso il volo.

Ferrario scosse la testa: – Il nostro uomo al *Tropical* sa il fatto suo, se dice che c'è vuol dire che c'è. E dovrebbero esserci anche i dipinti.

Le auto si fermarono con stridore di freni davanti all'ingresso neoclassico della villa, e i poliziotti giamaicani saltarono a terra con le armi in pugno. Il comandante sventolava un mandato di perquisizione. Spintonò con mala grazia il maggiordomo e la governante di colore che cercavano di bloccarlo, e fece irruzione nel salone al pianterreno.

Il senatore fu sorpreso mentre tentava di andarsene dal portico posteriore della villa e ricondotto nel suo studio.

L'ufficiale giamaicano gli notificò il mandato senza dargli ulteriori spiegazioni, poi aprí una scatola di Romeo y Julieta che stava su una scrivania di mogano e senza tanti complimenti se ne accese uno, sbuffando una gran nube di fumo dall'aroma penetrante.

– I migliori Avana in assoluto, – bisbigliò il tenente Ferrario all'orecchio del collega, – praticamente introvabili.

Il senatore provò a difendersi dall'intrusione e fece per afferrare il telefono, ma l'ufficiale gli immobilizzò brutalmente la mano sul ricevitore. La casa risuonava del frastuono provocato dalla perquisizione.

– Mi sa che non ne esce niente, – diceva Alfieri sempre piú nervoso. – Qua ci perdiamo anche la faccia.

Arrivò un agente e parlottò fitto fitto all'orecchio del comandante.

– Secondo me ci siamo, – disse Ferrario. Il comandante fece loro cenno di seguirli. – Cosa ti dicevo?

Scesero nel sotterraneo della villa e giunsero in una specie di magazzino dove troneggiava un grande imballaggio che gli agenti cominciavano ad aprire.

– Ehi, piano, ragazzi, – disse il tenente Ferrario. – C'è roba delicata là dentro.

Rimosse le tavole esterne, apparve una protezione di cartone impermeabile e poi, finalmente, le opere d'arte. Erano perfettamente imballate, distanziate l'una dall'altra con spessori di polistirolo e di gommapiuma, con sacchetti di sali igroscopici disposti sul fondo.

Una per una le preziose tavole dorate furono disposte lungo le pareti. Le grandi tele dai colori smaglianti apparvero in tutto il loro splendore. L'ufficiale giamaicano le contemplò stupefatto, e anche gli agenti che sopraggiungevano si fermarono in silenzio a guardarle. Uno di loro, davanti a una dolcissima Madonna trecentesca, si segnò.

– Ragazzi, – disse il tenente Ferrario, – fate conto che sia una mostra d'arte italiana fuori programma. Guardatevele bene, perché dubito che avrete mai piú l'occasione di vedere tante meraviglie tutte assieme.

L'ufficiale giamaicano si avvicinò al tenente Ferrario e al capitano Alfieri: – *Just wonderful*, – disse. – *I can understand why you came all the way from Italy... and I can understand the thieves as well.*

– Che ha detto? – chiese il capitano Alfieri.

– Ha detto «Meraviglioso. Posso capire perché siete venuti fin dall'Italia per riprendervele... e posso capire anche i ladri che ve le hanno rubate» –. Poi si rivolse al collega giamaicano e gli tese la mano: – *Thank you*, – disse.

Il colonnello Reggiani fu svegliato alle prime luci dell'alba dal trillo insistente del telefono.

– Sono il tenente Ferrario, comandante. Missione compiuta. Ce li riportiamo a casa.

– Molto bene. Le informazioni erano giuste, allora.

– Certo che erano giuste, però il nostro uomo al processo ha detto che lui aveva acquistato i quadri in buona fede sul mercato antiquario. Il giudice non gli ha creduto e gli ha appioppato due anni di lavori forzati nel carcere di Spanish Town.

– Benissimo. Quando arrivate?

– Comandante, sa... se lei non ha nulla in contrario, vorrei andare a Buenos Aires per saperne di piú su Dante Salazar. Quello è pericoloso ed è abbastanza probabile che sia tornato laggiú, dove può contare su appoggi potenti.

– Ferrario... questa missione è già costata un sacco di soldi. Direi di lasciare la faccenda a quelli dell'Interpol.

– Errore, comandante. Il mio biglietto aereo copre una distanza superiore alle ottomila miglia, per cui da qualunque parte io faccia ritorno non c'è differenza di prezzo. E poi a Buenos Aires ho degli amici che mi ospiterebbero.

– Mmm... Se è cosí, va bene, ma non ti concedo piú di una settimana.

Riattaccò. E mentre apriva il rubinetto della doccia, cercò di fare mente locale e di ricordarsi che tipo di persona fosse il suo informatore argentino.

Ricordò un signore basso e grassoccio sulla sessantina, efficiente ma piuttosto noioso. Evidentemente il tenente Ferrario doveva aver stabilito con lui un ottimo rapporto.

Noblesse oblige

Teresa Reggiani, curva sul testo della sua tesi di laurea in Scienze della comunicazione, alzava gli occhi di tanto in tanto per osservare con curiosità perplessa il padre che, davanti allo specchio, armeggiava con il cravattino dello smoking, si profumava con una colonia di Armani e prendeva, da ultimo, il portasigarette in argento infilandolo nella tasca interna della giacca.

– Vedi di fartele bastare fino a mezzanotte, papà. Tu fumi troppo.

Il colonnello Reggiani grugní.

– Fai molto tardi?

Nessuna risposta.

– E vai solo o in compagnia?

Il colonnello sbuffò.

– È carina?

– Senti, signorina, non credi che io sia abbastanza cresciuto da potermene uscire di sera senza dover rendere conto del come, del perché, del chi e del quando?

– Oh, be', se non vuoi dirlo… È che non ti vedo cosí in tiro nemmeno quando vai al Quirinale.

Il colonnello Reggiani indossò il soprabito e se ne uscí senza fornire ulteriori spiegazioni, e quando la figlia vide dalla finestra la sua 164 schizzare fuori del garage lucida come un diamante, scosse la testa: «Ha fatto anche lucidare l'Alfa Romeo, – pensò. – Questa Lavinia di Montecroce deve essere proprio uno schianto».

Non che Teresa Reggiani avesse l'abitudine di sbirciare la posta di suo padre: è che lo sguardo le era caduto del tutto casualmente su un biglietto d'invito con arma nobiliare, e del tutto casualmente vi aveva letto la frase: «La vedrò con molto piacere. Non manchi, per favore».

Accidenti, se questa non era un'avance.

Guardò l'orologio: erano solo le sette e mezzo e l'invito era per le nove, dunque il luogo della festa doveva essere a piú di cento chilometri da Roma. Sorrise tra sé: era proprio figlia di un carabiniere!

Nel frattempo, il padre di tanta figlia sfrecciava sull'autostrada per L'Aquila al limite massimo della velocità consentita, ascoltando da un Cd *Equinoxe* di Jean Michel Jarre, il suo autore moderno preferito.

Doveva ammettere che l'invito, oltre che lasciarlo stupito, lo aveva anche messo in notevole agitazione, e la cosa in parte lo indispettiva. Quella donna lo aveva trattato, l'ultima volta che si erano visti, con disprezzo e durezza, eppure a quell'invito cosí personale si era sentito toccato, in preda a un'emozione difficilmente contenibile, come un liceale al primo appuntamento.

Erano le otto e mezzo quando lasciò l'autostrada e prese a destra per una cittadina dell'Abruzzo interno, al confine con le Marche e il Lazio, imboccando una strada che si fece presto tortuosa, stretta fra colline coperte di vigneti e fra macchie di querciolì. La luna sorgeva da dietro la cresta dell'Appennino e illuminava il paesaggio conferendogli un aspetto di sogno. Nella luce pallida si stagliavano scure le sagome di antiche torri sgretolate dal tempo, ruderi di dimore abbandonate da secoli.

Il palazzo in cui aveva luogo la festa sorgeva in cima a un colle boscoso, in fondo a un viale d'accesso fiancheggiato da querce secolari. Reggiani lo vide di lontano e lo imboccò, percorrendolo lentamente e guardandosi intorno. La splendida dimora era sorta, probabilmente nel Settecento, attorno a un nucleo molto piú antico, una torre trecentesca di sasso vivo larga e massiccia, una mole arcigna e imponente interrotta solo dalle finestre strombate.

Parcheggiò in un cortile coperto di ghiaietto accanto a una fila già lunga di Mercedes e di Jaguar, di Ferrari e di Porsche, e si presentò all'ingresso. Il maggiordomo gli prese il soprabito e lo introdusse nel salone, dove veniva servito agli ospiti il cocktail di benvenuto. La padrona di casa gli venne subito incontro, elegantissima, fasciata in un semplice tubino in crêpe di seta nera e con un filo di perle al collo.

Reggiani si inchinò per il baciamano:

– Signora…

– Caro colonnello, lei non immagina quanto piacere mi faccia vederla qui. Temevo che non avrebbe accettato il mio invito. In fondo non ci siamo lasciati in modo piacevole, l'ultima volta.

– È passato parecchio tempo, – disse Reggiani, – e io cerco sempre di dimenticare le cose spiacevoli. D'altra parte, nemmeno io sono stato tenero con lei.

– Martini? – chiese Lavinia di Montecroce prendendo sottobraccio Reggiani e guidandolo verso il buffet. Il colonnello prese il cocktail e ne mandò giú una sorsata: il barman lo aveva fatto all'americana, gin quasi puro appena aromatizzato con il vermut.

– La cena verrà servita fra dieci minuti. Le andrebbe di sedersi un momento?

Reggiani la seguí in un salotto attiguo, gettando uno sguardo sugli ospiti mentre attraversava la sala: belle signore, un ministro, un noto regista di avanguardia, un ancor piú noto critico d'arte che teneva banco in un capannello di ragazzine estasiate.

La contessa richiuse la porta e invitò il suo ospite a sedersi su un divanetto. Il colonnello Reggiani, a disagio, faceva tintinnare nel bicchiere, senza accorgersene, i cubetti di ghiaccio del suo Martini.

– Io… credo di doverle delle spiegazioni, colonnello.

– Perché? Lei ha il diritto di manifestare i suoi sentimenti come crede, inclusa l'antipatia. Quanto a me, non sempre mi è consentito di essere gentile con le persone che incontro sulla mia strada: faccio un mestieraccio, in fin dei conti.

– Perché mi ha tenuta nascosta la verità?

Reggiani ammutolí. Di quale verità stava mai parlando la contessa di Montecroce? Cercò di far mente locale per immaginare a che cosa si stesse riferendo. La contessa riprese a parlare senza attendere la sua risposta:

– Mio figlio era d'accordo con i suoi rapitori.

Reggiani abbassò gli occhi, colto di sorpresa.

– Sciocchezze, – disse poi. – Mi chiedo chi può averle riferito una simile assurdità, una cosa del tutto priva di fondamento.

– Purtroppo le ho trovate io stessa le prove. Inconfutabili. Per anni non avevo mai voluto esaminare le carte riservate di mio figlio. Avevo chiuso a chiave la sua camera e non vi avevo piú messo piede. Ma un giorno, al processo di appello, la madre di uno dei rapitori mi ha preso da parte e mi ha detto: «Tu ci disprezzi, ma tuo figlio non era migliore del mio. Erano d'accordo. Si sarebbero spartiti i soldi». Per mesi ho tentato di scacciare il pensiero, poi mi sono fatta coraggio e ho riaperto quella camera, ho frugato fra i suoi oggetti personali, fra le sue carte... È stato un colpo durissimo. Tanto piú che questa verità mi riconduceva alla mente altri aspetti della personalità di mio figlio, caratteristiche che io avevo preferito ignorare o finto che non esistessero. Mi ci sono voluti anni per superarla, ma ora che ho ripreso a vivere ho pensato a lei. Che ha saputo tenere per sé un simile segreto per non farmi soffrire inutilmente. Perché lei lo sapeva, non è cosí?

– Non avrebbe cambiato nulla. A che pro...

– Sí, ma io gliene sono grata, e sono anche profondamente dispiaciuta per averla trattata in modo doppiamente indegno –. Reggiani era in serio imbarazzo. – E adesso mi dica come posso farmi perdonare.

– Sieda a tavola al mio fianco questa sera.

– Lo avevo già deciso. Ma tenga presente che cosí si farà dei nemici.

Raggiunsero gli altri ospiti finché non venne l'ora di cena.

– Posso presentarle un mio vecchio amico? – chiese Lavinia di Montecroce incontrando un gentiluomo che stava per sedersi a tavola di fronte a loro. – Il conte Ferretti.

– Conte, – disse il colonnello Reggiani.

Conversarono per tutta la sera. Di arte, in prevalenza. Il conte Ferretti era un uomo squisito, di eccezionale cultura e di grande classe. Quando, dopo il caffè, si sedette al pianoforte per suonare un brano di Chopin, Reggiani gli invidiò quella straordinaria abilità che ne accresceva lo charme, l'eleganza spontanea dei movimenti, l'intonazione stessa della voce.

Lo rivide piú tardi nel corridoio dietro il salone. Stava osservando un dipinto secentesco appeso alla parete.

– Non è stupendo? – disse.

Reggiani si soffermò ad ammirare la tela, Diana al bagno spiata da Atteone: – Infatti. È un quadro meraviglioso.

Prima di rientrare nel salone, si volse ancora e vide che il conte Ferretti ammirava con lo stesso trasporto un magnifico busto ligneo policromo che rappresentava una dama in veste di gala, adorna di gioielli.

Venne l'ora di congedarsi.

– Contessa, devo andare. Domattina mi attendono impegni importanti.

– Mi farebbe piacere se mi chiamasse per nome e se ci dessimo del tu.

– Lo farò, Lavinia.

– E anche tu avrai un nome, immagino. Non desidero continuare a chiamarti con il grado o per cognome.

– Certo. Mi chiamo Aurelio.

– Bene, Aurelio. Mi auguro che ci vedremo presto.

– Molto volentieri. Ti andrebbe una sera a cena?

Lavinia sorrise: – Non aspetto che la tua telefonata.

Reggiani le baciò la mano in modo assai meno formale di quando era arrivato e scese in cortile, dirigendosi verso la macchina. Il conte Ferretti stava per partire a bordo di una Rover nera. Aveva la luce interna accesa e sembrava che stesse scrivendo qualcosa su un pezzo di carta.

Reggiani gli fece un cenno di saluto con il capo, poi mise in moto. Entrò nel suo appartamento verso le tre del mattino, e Teresa fece udire un leggero colpo di tosse per fargli capire che sapeva benissimo a che ora era rientrato.

«Sono Lavinia. Ho bisogno di parlarti al piú presto. Chiamami, per favore». Gli altri messaggi sulla segreteria telefonica erano tutti di ordinaria amministrazione, incluso quello di Teresa che avvertiva che avrebbe dormito da un'amica. Già. La cosa si ripeteva con una certa frequenza ultimamente. Non c'era da meravigliarsi se quell'amica si fosse rivelata prima o poi di sesso maschile.

Chiamò la contessa di Montecroce e decisero di incontrarsi in un bar del centro.

– Allora, che succede? – chiese il colonnello Reggiani appena la vide.

– Mi hanno rubato tutto: i quadri, i mobili, le suppellettili. Tutto.

– Stai scherzando! Ma quando è successo, dove?

– Nella villa in Abruzzo. Ricordi? Quella della festa. Sono entrati ieri notte, con un camion, e hanno portato via tutto. È un danno enorme.

– Oh, santo cielo. Hai fatto bene a chiamarmi. Disporrò un sopralluogo finché il danno è fresco.

– Ma… c'è speranza?

– A essere sincero, non molta. Questo tipo di ladri lavora per i negozi di antiquariato o addirittura su commissione. Molti pezzi vengono sistemati pochi giorni dopo il furto, addirittura poche ore dopo. Qualcosa, comunque, si può ancora fare. Devo muovermi subito, però. Puoi venire con noi domani, se vuoi. O darmi le chiavi della casa. La strada la conosco.

– Verrò. Potrei sempre esservi utile.

Apparve evidente che si era trattato di un lavoro scientifico: niente fretta, niente distrazioni. Le tele erano state prelevate assieme alle cornici. I mobili erano stati sollevati e trasportati con precauzione. Non c'erano segni di trascinamento sui pavimenti.

Loporto prese le impronte degli pneumatici: – È un camion bello grosso, comandante, almeno cinquanta quintali di portata.

Il graduato trovò anche, in terra, qua e là, dei mozziconi di Nazionali comuni senza filtro. Niente altro. Reggiani si sentiva in difficoltà, proprio nel momento in cui avrebbe voluto risolvere il caso con prontezza. Lasciò che i suoi uomini continuassero il loro lavoro e se ne andò a fare una passeggiata nel parco. Aveva bisogno di distendere i nervi.

Era una bella mattinata. I raggi del sole filtravano fra i rami degli alberi secolari, creando un mosaico di colori sgargianti sul terreno ancora coperto di foglie autunnali ma già costellato di primule, viole e ranuncoli. Al suo passaggio si udivano i fruscii improvvisi delle lucertole, che lasciavano il loro posto al caldo per andare a nascondersi.

Qua e là, fra la vegetazione, apparivano monconi di muri e archi in rovina, resti, probabilmente, della costruzione originaria precedente la villa settecentesca, di certo un castello medioevale, sorto assieme alla torre.

Scorse nuovamente impronte di pneumatici. E mozziconi di Nazionali comuni. La stessa gente, dunque. Le Nazionali comuni senza filtro erano roba da *aficionados*, che se le fa tenere da parte dal tabaccaio quando arrivano contingentate. Le raccolse per farle esaminare dalla scientifica, ma notò che erano piú vecchie delle altre. Si volse verso la villa: quello era l'unico punto scoperto lungo la costa del monte. Il piú vantaggioso se qualcuno avesse voluto comunicare con un walkie-talkie dalla villa e viceversa.

Il responso della scientifica non lasciò dubbi: il furgoncino era stato sul luogo, piú o meno, quando c'era stata la festa, e la persona che fumava le Nazionali comuni era la stessa. Uno a cui piaceva stringere il mozzicone fra i denti.

Non era molto, ma sempre meglio di niente. Dopo qualche settimana di indagini, venne fuori una descrizione sommaria del camioncino e qualche numero della targa da parte di un pastore che era passato da quelle parti in quel periodo. Reggiani sguinzagliò un paio di investigatori nel giro dell'antiquariato, nella speranza di raccattare altri indizi, ma il tempo passava senza che accadesse nulla.

Un giorno, mentre sorbiva il caffè che gli avevano appena portato su dal bar della piazza, entrò il tenente Ferrario con in mano un rapporto appena stampato:

– Comandante, hanno svuotato un'altra villa nel maceratese. Stessa tecnica, stesse gomme. Stesse cicche.

– Nazionali comuni, senza filtro.

– Già. I ladri conoscevano benissimo dove c'era la roba da prelevare. Non abbiamo visto una sola traccia di calpestio al di fuori dell'itinerario utile per il prelievo degli oggetti.

– Novità su chi possano essere?

– Negativo. Buio pesto. O quasi.

Reggiani si portò una mano alla fronte: – Dove si trova la villa, esattamente?

Il tenente Ferrario gli mostrò una fotocopia in cui era riprodotto un settore di tavoletta Igm in scala 1:25 000, con un circoletto di pennarello rosso che evidenziava una posizione.

– In mezzo al niente. Come l'altra.

– Sí. Hanno buon gioco, indubbiamente. Si tratta in gran parte di residenze abitate perlopiú d'estate. Sono grandi, e hanno enormi costi di gestione e manutenzione. Per la maggior parte dell'anno sono vuote. Basta che qualcuno se ne faccia una lista e cominci a visitarle una per una. C'è chi alla fine della stagione estiva le svuota di quadri, mobili e suppellettili e riporta tutto in città, ma anche questo non è uno scherzo e ha dei costi enormi. È come pagare due traslochi all'anno.

Reggiani si era immerso nella lettura del rapporto con l'elenco dettagliato dei beni asportati: quadri di gran firma, mobili di alta età, argenti, bronzi. Un valore di molte centinaia di milioni.

– Vuole che me ne occupi io, comandante? – chiese il tenente Ferrario.

– No... no, ci penso io. Tu tienimi d'occhio quella ditta di movimento terra dalle parti di Tivoli. Hanno uno strano modo di muovere la terra.

– Un falco, comandante. Sarò un falco.

Reggiani mormorò: – Gesú, – mentre Ferrario usciva e scendeva le scale a tre a tre. Non usava mai l'ascensore. Diceva che gli andava stretto di spalle.

Lavinia di Montecroce si astenne per lungo tempo dal chiedere al colonnello Reggiani se ci fossero novità, sia perché immaginava che se ve ne fossero state lei sarebbe stata la prima a saperlo, sia perché non voleva metterlo in imbarazzo.

Una sera lui la invitò a cena in una trattoria di Trastevere e cominciò per primo a parlare:

– In questi mesi abbiamo avuto altri tre casi oltre al tuo e a quello di Macerata, tutti in un'area abbastanza circoscritta, tutti eseguiti con la stessa tecnica e quasi certamente dalla stessa banda. Si tratta di dimore aristocratiche appartenenti a famiglie di grande prestigio. Mi sono fatto la convinzione che deve esserci per forza un filo conduttore. In altri termini, un basista.

– Che vuoi dire?

– Che deve esserci qualcuno che ha accesso a questo genere di società e a questo tipo di dimore. Sono ambienti abbastanza esclusivi, non dovrebbe essere difficile pizzicare un farabutto che…

– Ma, Aurelio… – disse Lavinia.

Reggiani proseguí come uno schiacciasassi: – Insomma, quelli si sono portati via roba per oltre quattro miliardi di valore con operazioni del tutto pulite e indolori. Non c'è banda di specialisti che possa agire cosí a colpo sicuro ogni volta, se non c'è qualcuno che li imbecca dall'interno.

– Aurelio, stiamo parlando di un giro di svariate centinaia di persone. Non puoi pensare di interrogarle una per una sulla base di un sospetto cosí infamante. È gente non abituata a...

– Mia cara, rivuoi indietro i tuoi quadri e i tuoi mobili? E anche i tuoi amici li rivogliono indietro? Bene, in tal caso dovete consentirmi di lavorare.

– Che cosa vuoi? – chiese Lavinia.

– Devi fare in modo che uno dei miei uomini diventi assiduo frequentatore di feste e ricevimenti, insomma della vita sociale che si svolge in quel tipo di case e in un certo territorio. Mi spiego?

– Ti spieghi benissimo, – disse la contessa. – Vedrò quello che posso fare...

– Non potresti pensarci fin d'ora? – incalzò Reggiani.

– Be'... ecco... Ferretti, il conte Ferretti è la persona adatta. Lui è uno molto introdotto ed è un amico. Credo che se glielo chiedessi, non me lo rifiuterebbe.

– Sí, ma l'identità del mio uomo deve rimanere segreta. Di me che cosa sa, Ferretti?

– Nulla. Ti ho presentato quella sera e basta.

– Benissimo. Se ricapita di parlare di me, io sono un colonnello degli alpini che tu hai conosciuto in montagna. Quanto al mio uomo, potresti dire che è un tuo parente che ha studiato negli Stati Uniti e che tu vuoi introdurre in società perché si riambienti. O qualcosa del genere. Ma ricordati: è fondamentale che nessuno sappia chi è. Posso fidarmi?

– È nel mio stesso interesse, no?

– Infatti.

Tornarono a piedi e il colonnello Reggiani l'accompagnò fin davanti al portone.

– È stata una bellissima serata. Grazie per essere venuta.

La primavera romana iniziava a farsi sentire e la gente indugiava per le strade. Molti locali avevano già messo fuori i tavolini.

– Se ci prendessimo un gelato? – disse Reggiani.

– Volentieri. Ma vorrei mettermi un po' comoda. Perché non sali da me? Ce lo facciamo portare su.

Il mattino dopo, quando Teresa si affacciò alla camera da letto del padre per salutarlo prima di uscire, vide che il letto era ancora intatto.

Il tenente Ferrario ricevette l'ordine di lasciare le indagini a Tivoli e di mettersi a rapporto mentre cominciava a ottenere qualche risultato.

– Passa le consegne ad Alfieri, – disse il colonnello. – Adesso mi servi per questa faccenda.

– Quale faccenda?

– Che domande... La banda dei castelli e delle ville. Non mi va di farmi prendere per il naso da un gruppetto di bastardi e da un figlio di buona donna. Come stai a guardaroba?

– Il solito. Perché me lo chiede? E poi lo sa, io sono un tipo semplice. Mi basta uno straccetto alla buona e faccio subito la mia figura.

Reggiani sospirò, poi gli spiegò il piano. Quando ebbe terminato, andò ad aprire la cassaforte e ne estrasse un pacchetto di banconote:

– Qui ci sono i soldi. Vedi di spenderli con oculatezza perché sono del contribuente. Se ti vedo con una cravatta non intonata o con un calzino balordo te li trattengo dallo stipendio.

– Ma, comandante... – disse Ferrario quasi offeso, infilando i denari nella ventiquattrore. – Si fidi di me. So quel che faccio –. Firmò il registro di scarico e sparí.

Ma tornò. Con una lista di altre richieste, indispensabili per ben apparire nel gran mondo: la Maserati (ce n'era per l'appunto una appena sequestrata a un boss camorrista), il Rolex, iniziali del nome e cognome d'arte ricamate su due dozzine di camicie su misura. Il colonnello Reggiani firmò, sempre con la clausola che gli avrebbe fatto trattenere i soldi dallo stipendio se i risultati non fossero stati all'altezza dell'investimento. Era intanto riuscito a ottenere fotografie di molti dei pezzi che erano stati rubati, ne aveva fatto delle copie e le aveva distribuite a ogni stazione d'Italia dove, secondo gli elenchi della guardia di finanza, risultassero aperti negozi di antiquariato o si trattassero antichità a tutti i livelli. Arrivarono segnalazioni sempre piú numerose: dieci, venti, quaranta e piú. Il lavoro al setaccio stava dando buoni frutti.

Di tanto in tanto faceva anche la sua comparsa in società, sia per portare avanti l'indagine sia per controllare cosa diavolo combinasse il tenente Ferrario.

– Caro architetto, – gli disse una sera al buffet di una festa d'ambasciata in una villa del Lazio orientale.

– Caro avvocato, – gli rispose Ferrario.

– Ho una soffiata. Sembra che questa casa sarà la prossima. Tu tieni d'occhio il salone. Io tengo d'occhio la biblioteca.

– E le altre sale e i corridoi?

Reggiani gli fece un cenno come per dire: «Da' un'occhiata», e il tenente Ferrario notò prima Loporto, poi Caruso, poi un paio di altri militi del nucleo che servivano drink in polpe, parrucca e marsina.

– Se accenni anche solo a ridere ti schiaffo in Sardegna a dare la caccia a quelli del Supramonte, – sibilò Reggiani. – E adesso muoviamoci.

Ferrario tornò nel salone, dove il noto critico d'arte teneva banco illustrando i dipinti che pendevano dalle pareti. La padrona di casa era deliziata. Ogni tanto, proprio mentre il noto critico veleggiava con il vento in poppa, il conte Ferretti interveniva ad abbassargli la cresta con qualche battutina. A Ferrario era particolarmente simpatico, mentre i suoi sospetti si spostavano sul critico d'arte: e se fosse stato lui il cervello dell'operazione? In fin dei conti aveva una conoscenza ottima degli oggetti d'arte e d'antiquariato, e per di piú era tra gli ospiti fissi in tutte le dimore che erano state fino a quel punto derubate.

Lo tenne sotto stretta sorveglianza per cercare di cogliere anche il minimo sospetto, ma non gli riuscí di notare nulla. Al termine della festa, verso le tre del mattino, quando gli invitati cominciavano ad andarsene, Ferrario passò davanti alla toilette per raggiungere il guardaroba e vide, riflessa nello specchio, una persona di spalle, che telefonava da un cellulare.

Quando uscí diede un'occhiata intorno alla villa: una sontuosa residenza aristocratica del tardo Rinascimento attorniata da un giardino e da un grande parco di querce e di lecci. All'ingresso c'era una casetta per il custode, che a quell'ora dormiva già della grossa.

Partí sgommando e si diresse verso il casello autostradale. Aveva appuntamento con il colonnello al primo distributore dell'Agip in direzione di Roma. A quell'ora il piazzale era pieno solo di Tir giganteschi, oltre che di camionisti assonnati che cercavano di svegliarsi con un caffè forte e due passi nell'aria scura e viziata.

– Allora, – disse Reggiani accendendosi una sigaretta, – abbiamo localizzato un bel po' di refurtiva e stiamo tenendo sotto tiro alcuni gruppi. Il primo che si muove ci verrà segnalato. Intanto i ragazzi controllano la villa. Abbiamo una lista completa degli invitati di questa notte?

– Eccola, – disse Ferrario porgendo un foglio al suo interlocutore.

– Bene. Giusto per non lasciare niente di intentato.

– Io, invece, voglio verificare quanti di questi signori sono intestatari di un cellulare, e chi ha chiamato chi alle tre e mezzo del mattino da una toilette.

Ripartirono ognuno per la propria destinazione. Il tenente Ferrario aveva come l'impressione che la «dolce vita» stesse per finire, ma non se ne dispiaceva: l'ambiente non era risultato di suo gradimento.

Il comandante lo convocò alcuni giorni dopo:

– Ci siamo, – disse. – Mi hanno segnalato del movimento. Dovrebbe essere per questa notte.

– Me ne occupo io, comandante.

– Prendi tutta la gente che ti serve, non possiamo fallire. È emerso nulla dai controlli degli elenchi?

– Altro che. Ci sono tre persone che sono sempre state presenti nelle case in cui sono avvenuti i furti e sono sempre nelle liste degli invitati alle feste e ai ricevimenti: il nostro critico d'arte...

– Vai avanti.

– La moglie del senatore Torriani.

– Quella poi...

– E il conte Ferretti.

– Ah.

– Secondo lei chi è il basista?

Reggiani si accese una sigaretta: – C'è nulla di particolare a carico dell'uno o dell'altro?

– Assolutamente. Partono tutti e tre a pari merito.

– Ferretti.

– Colto, raffinato, signorile... siamo diventati quasi amici. Perché lui?

– Semplice fiuto. È troppo perfetto.

– Lo ammetto a malincuore, ma la penso come lei.

– Per semplice fiuto?

– Prima le ho mentito: non partono tutti e tre a pari merito. Ho controllato il suo cellulare. Quella notte telefonava a un numero intestato a uno del giro di Mondragone: Carmelo Alliata, noto anche come il Gobbo.

– È lui che dovrebbe eseguire il colpo di stanotte?

– Infatti.

– Non ti aspettare delle congratulazioni. Con quello che sei costato all'erario in benzina e abbigliamento è il minimo che potevi produrre. E adesso vattene, ché hai da fare.

Il motore e le luci del camion si spensero e quattro uomini scesero in cortile. Due di loro presero un martinetto idraulico azionato da un motore elettrico e lo collegarono a un'unità di batterie, poi lo piazzarono contro la porta e lo misero in moto. I chiavistelli cedettero con uno schianto secco.

– Via libera, – disse il primo, e si incamminò per il corridoio di accesso tenendo in mano una torcia elettrica. La grande dimora era immersa nel silenzio e nel buio, ma il gruppetto si muoveva a proprio agio. Ogni tanto il capofila si fermava e consultava una mappa.

Raggiunsero il piano superiore, salendo un maestoso scalone d'onore, poi percorsero un corridoio ed entrarono in una sala. Il raggio di luce illuminò una tela del Gentileschi che rappresentava Susanna al bagno insidiata dai vecchioni, poi un ritratto di dama di Rosalba Carriera.

– Bene, – disse il capo, – prima quello grande e poi il ritratto. Con delicatezza: è roba preziosa.

– L'hai detto, Gobbo! – disse una voce. Il grande lampadario centrale del salone si illuminò e gli intrusi si trovarono con la loro pila accesa in mano, circondati da una mezza dozzina di uomini con le armi spianate.

– Sorpresa! – disse Ferrario, e fece cenno ai suoi uomini di impacchettare il gruppetto. Poi prese il walkie-talkie e chiamò la seconda unità appostata nel parco: – Loporto. Li teniamo. Potete prendere gli altri che stanno a sorvegliare l'ingresso e impacchettarli a modo. Non ne deve sfuggire uno.

– Ci pensiamo noi, tenente, – gracchiò Loporto dal suo apparecchio. – Passo e chiudo.

Il colonnello Reggiani batté un pugno su un pacco di carte ammucchiate davanti a sé sulla grande scrivania in mogano:

– Ecco qua! Tanti bei bigliettini di auguri. Allora qui ci sono quarantatre mandati di perquisizione. Dico, quarantatre. Voglio i risultati prima di sera.

Gli uomini del nucleo si spartirono le carte e le zone. Poco dopo le sirene delle auto di servizio risuonavano per le vie di molte città italiane.

– E lui? – chiese il tenente Ferrario. – Come facciamo a incastrarlo? Per ora né il Gobbo né i suoi tirapiedi sono disposti a testimoniargli contro. Abbiamo solo una telefonata da un cellulare e nemmeno registrata. Troppo poco per fermare un uomo.

– Possiamo sempre chiedere la custodia cautelare. Non credo che il giudice ce la negherebbe.

– Sí, forse è la sola cosa da fare, per ora. Non possiamo piú lasciarlo a piede libero.

– Te ne incarichi tu?

– Me ne incarico io, comandante. A malincuore. Mi era simpatico.

La settimana dopo Reggiani chiamò la contessa di Montecroce: – Ho qui un po' di quadri, mobili e arredi vari che forse ti farebbe piacere rivedere.

– Stai scherzando. Non ci speravo piú.

– Quando prendo un impegno lo mantengo sempre. Se vuoi venire, ti attendo al nostro deposito in viale Somalia.

Lavinia giunse poco dopo e fu introdotta dal comandante nel magazzino.

– Non c'è proprio tutto ma c'è tanto. Avete fatto un gran lavoro.

– Abbiamo fatto ben poco. Il meglio deve ancora venire.

– Che intendi?

– Che abbiamo messo le mani su una grossa organizzazione, ben orchestrata e con contatti in tutta Italia. È grazie a te e al conte Ferretti che abbiamo potuto frequentare gli ambienti adatti e arrivare a questi risultati. Ti ringrazio. Potrai rientrare in possesso dei tuoi beni non appena il magistrato ne avrà ordinato il dissequestro.

– Il conte Ferretti sarà molto contento di esserti stato utile, – disse Lavinia uscendo.

«Non credo, – disse Reggiani fra sé. – Non credo proprio».

Prima della fine della settimana i risultati delle perquisizioni avevano dato i loro esiti. Mancava solo un tassello al mosaico: un grosso furto in un castello della Toscana meridionale messo a segno un mese prima da un gruppo del grossetano.

Appena il conte Ferretti era sparito dalla circolazione, si erano rintanati e avevano interrotto ogni attività. La roba, però, ce l'avevano ancora sul gozzo e non potevano tenersela a lungo. Reggiani sguinzagliò gli uomini migliori intorno all'area d'azione della banda. Poi mise sotto marcatura stretta i grossi trafficanti, specie quelli che operavano con l'estero. Prima o poi avrebbero pur dovuto uscire allo scoperto. Intanto, dai proprietari si era fatto dare una documentazione completa dei pezzi rubati: fotografie, quando c'erano, oppure schizzi, disegni, tutto quello che poteva servire a individuare una traccia.

Verso la fine della primavera arrivò la prima segnalazione: un trafficante di grossa taglia aveva facoltà di trattare per un lotto enorme, si vendeva il blocco intero, prendere o lasciare, e si vendeva solo a stranieri. Era evidente che non volevano rischi.

Il colonnello Reggiani convocò il suo stato maggiore:

– Serve uno che parli le lingue straniere come l'italiano, anzi, meglio. Poi provvederemo per il resto: documenti, identità, eccetera. Vi viene in mente nessuno?

– Io me la sentirei, – disse il tenente Ferrario.

– Ferrario, io ho bisogno di uno che sembri autentico. Un mostro. E poi tu sei stato anche troppo in circolazione. Devi sparire per un po'.

– Forse ce l'ho io l'uomo che fa per noi, – disse il capitano Alfieri. – È figlio di un addetto militare che ha prestato servizio dieci anni presso la nostra ambasciata in Inghilterra. Ha fatto le elementari, le medie e il liceo là, poi ha fatto l'accademia da noi. È laureato in Lettere con una tesi in Storia dell'arte.

– Come si chiama?

– Oberwalder. È di Bolzano ed è di madrelingua tedesca.

– Magnifico. Lo voglio subito.

Lamberto Oberwalder venne prestato dal comando della regione militare triveneta e distaccato temporaneamente presso il nucleo del colonnello Reggiani nel giro di una settimana. Quando lo vide, Reggiani sogghignò: nessuno avrebbe mai potuto prenderlo per un italiano. Aveva occhi azzurro ghiaccio, pelle bianchissima con un po' di lentiggini, mani sottili e ben curate. Passava senza problemi dall'inglese all'italiano e al tedesco, e parlava tutte e tre le lingue con uguale perfezione ma con quell'impercettibile colorazione fonetica tipica di chi fa parte della comunità internazionale. Era anche un atleta: era stato selezionato sia per la nazionale di pallanuoto che per quella di sci. Gli venne attribuita l'identità dell'avvocato Hans Roth di Berna, che trattava per una multinazionale. Il primo incontro doveva avvenire a Bologna e parte della refurtiva doveva essere visibile sul posto dell'incontro. A scanso di equivoci.

Oberwalder fece sapere che sarebbe arrivato all'aeroporto di Borgo Panigale e che sarebbe sceso al *Majestic Baglioni* in via Indipendenza. Caruso si era già appostato e aveva piazzato una telecamera per registrare l'incontro. Anche Loporto era stato inserito come steward e avrebbe servito i drink in caso fosse stato richiesto.

L'emissario fu fatto salire verso le sedici.

Non era un semplice galoppino. Era una persona distinta e ben vestita, con una valigia Mandarina Duck a piú scomparti. Doveva essere il suo campionario.

– I miei clienti hanno la disponibilità e i mezzi per acquistare l'intera partita, – disse Oberwalder, – ma ho incarico di vederci chiaro. In ogni caso è una grossa cifra, signor... non mi sembra di aver sentito il suo nome.

Il sopravvenuto gettò un'occhiata fugace sul tavolino dove giacevano il biglietto aereo e il passaporto di Oberwalder, poi disse: – Tassi, mi chiamo Armando Tassi. Guardi, non ci sono problemi, la roba è autentica e di prim'ordine. Ho le fotografie di tutto e le posso mostrare alcune cose che ho portato con me a scopo di esempio. Altre le ho in macchina, ma dovremo raggiungere un posto piú appartato.

Aprí la valigia ed estrasse un piccolo bronzo rinascimentale di fattura squisita. Un Ercole con clava e pelle di leone. Si sarebbe detto della scuola del Pollaiolo.

Oberwalder inarcò il sopracciglio: – Non c'è che dire. È un pezzo di tutto rispetto.

– E non ha ancora visto nulla: guardi qua –. Tirò fuori una formella in terracotta policroma che rappresentava un coro di fanciulli su uno sfondo blu. – Attribuita a Luca della Robbia.

Oberwalder la prese fra le mani con sincero trasporto: – Spettacolare... spettacolare...

Dalla valigetta Armando Tassi prese anche un raccoglitore di diapositive e un carousel. Fece oscurare la camera e proiettò contro il muro bianco dell'appartamento le immagini dei mobili antichi, dei bronzi, dei lampadari, degli argenti e delle maioliche. Roba da fare invidia a un museo.

Quando la luce si riaccese Oberwalder aprí un taccuino:

– E ora parliamo di prezzo: quanto?

– Quattro miliardi. Non una lira di meno.

– È una grossa cifra. Io non discuto della bellezza della merce, ma lei sa benissimo che ci sono grossi rischi.

– E lei sa benissimo che la roba che ha visto vale quattro volte il prezzo che le chiedo.

– Avevo avuto mandato di trattare sulla base di tre miliardi. Non di quattro. Mi trovo in difficoltà... Potremmo definire un lotto piú limitato. Che ne dice?

– No. Si è detto tutto e tutto deve essere. Senta, perché non viene a vedere le altre cose che ho in macchina?

– Va bene. Però guardi che non le garantisco...

Uscirono. Prima il Tassi e poi Oberwalder, che salí a bordo della sua Thema a noleggio. L'autista di Tassi, un uomo tarchiato sui quarant'anni, era certamente esperto della città e guidò verso i colli in direzione della basilica di San Luca, poi entrò nel cortile di una casa colonica abbandonata. Anche la

Thema si fermò, e Oberwalder si avvicinò mentre Tassi apriva il portello posteriore della sua auto e sollevava un panno grigio che copriva il carico. Un trionfo di colori gli colpí lo sguardo attonito: aveva di fronte le piú belle maioliche rinascimentali che avesse mai visto. Grandi piatti, e vassoi, vasi a doppia ansa e due mascheroni da mensola che rappresentavano due satiri ghignanti.

– Mi creda, – disse Tassi, – le fotografie non rendono giustizia alla realtà.

– Lei ha ragione ma, come le ho detto, i miei clienti mi hanno autorizzato a trattare sulla base di tre miliardi. Guardi, sono sicuro che se mi spingessi a tre e trecento non vi sarebbero ostacoli, ma oltre non penso di poter andare.

L'uomo stava diventando nervoso e Oberwalder insistette per avere un frazionamento del lotto. Il suo interesse doveva apparire sincero.

Alla fine il suo interlocutore se ne convinse. Disse:

– Avvocato, anch'io avevo avuto mandato di trattare solo sulla base del tutto o niente. Debbo tornare e riferire. Poi le farò sapere.

– Io aspetto in albergo ancora per due giorni. Chiamatemi se c'è disponibilità. Nel frattempo anch'io cercherò di ottenere un compromesso.

Si congedarono e Tassi scese in direzione dell'ingresso dell'autostrada per Firenze. Oberwalder formò un numero sul cellulare:

– Ferrario, sei tu? Il nostro uomo entra in autostrada adesso. Controllate tutti i caselli da qui a Firenze Certosa. È una Croma bianca targata FI K796420. Alla guida c'è uno sulla cinquantina con una giacca a quadri principe di Galles e una camicia azzurra.

Occhiali Ray-Ban scuri. A bordo c'è merce delicata. Vedete di non fare dei cocci.

– Stai tranquillo, Oberwalder, – disse dall'altra parte il tenente Ferrario. – Siamo abituati a trattare questa merce. Bel lavoro, comunque. Hai classe. Perché non ti trasferisci con noi?

– Con voi? – disse Oberwalder. – Non ci avevo pensato. Però se ci si diverte sempre cosí, quasi quasi… In bocca al lupo, Ferrario. Ci vediamo.

Armando Tassi non aprí bocca per tutto il tragitto.

– Ti vedo preoccupato, – disse a un certo punto il compagno al volante.

– Maledizione. Ci mancava poco. Se mi avessero lasciato un contatto telefonico avremmo potuto chiudere. Adesso dobbiamo di nuovo riunirci, discutere… è pericoloso, capisci?

Si faceva ormai scuro quando la Croma bianca uscí dal casello di Firenze Certosa. Appena ebbe svoltato per la superstrada in direzione di Siena, apparve un posto di blocco e un carabiniere con la paletta si fece verso il centro della strada.

Tassi impallidí.

– Rallenta come per fermarti, poi dacci dentro a tutto gas. Dobbiamo seminarli.

L'autista eseguí la manovra ma subito si scatenò l'inferno. Da una carrareccia laterale schizzarono fuori due pantere appostate a sirene spiegate e cominciò l'inseguimento.

– Maledizione, – diceva Ferrario sulla 155 di testa. – Se vanno a sbattere fanno un disastro: hanno maioliche rinascimentali preziosissime a bordo e, se ho ben capito, un della Robbia.

– Non si preoccupi, tenente, – rispose l'autista, – fra quattro chilometri c'è un altro posto di blocco. Può far chiudere la strada.

– È esattamente quello che farò –. Prese la radio: – Michelangelo chiama Leonardo, rispondete, passo.

– Qui Leonardo, siamo in ascolto.

– Siamo a quattro chilometri, dietro la Croma in fuga. Chiudete la carreggiata, non devono sfuggirci.

– Ricevuto, Michelangelo, passo e chiudo.

– Però siete fichi voi del nucleo, – disse l'autista. – Michelangelo, Leonardo... siete sempre in tema, eh?

– Guarda che non si tratta dei due artisti... – disse Ferrario.

– Ah, no?

– No. Sono delle tartarughe mutanti che combattono con arti marziali. Un cartone animato insomma, da sballo...

– Ah, – fece l'autista, – se lo dice lei.

La Croma bianca frenò con gran stridore di gomme appena vide la carreggiata sbarrata dal secondo posto di blocco. Armando Tassi e il suo autista scesero e fuggirono di corsa verso la campagna, cercando di raggiungere il bosco.

– Se ve li lasciate scappare vi faccio fucilare! – gridò il tenente Ferrario schizzando fuori dell'auto.

Gli uomini del posto di blocco si gettarono all'inseguimento, aprendosi a ventaglio per chiudere ogni via di scampo ai fuggitivi.

L'ufficiale intanto si avvicinò alla macchina abbandonata, sollevò il portellone e la coperta grigia. La sua torcia elettrica illuminò il pallido incarnato dei fanciulli di della Robbia, il ghigno inquietante dei satiri, le rutilanti muscolature del piccolo Ercole di bronzo.

– Un bel campionario, accidenti, e il bello deve ancora venire.

Si presentò a rapporto il giorno dopo, in uniforme, con un tabulato sotto il braccio, e iniziò a leggere:

– Reperto n. 1. Bronzetto rinascimentale, rappresentante Ercole con clava e pelle di leone. Attribuito alla scuola del Pollaiolo. Reperto n. 2. Formella in ceramica policroma smaltata rappresentante coro di fanciulli e putti suonatori d'arpa. Attribuito alla scuola dei della Robbia... – Quando ebbe terminato, aggiunse: – In tutto fanno duecentoventisei pezzi provenienti da tredici furti. I due fringuelli hanno cominciato a cantare e il signor conte Ferretti è fregato. Mi dispiace, era un tipo simpatico.

– Già. In fondo ci è anche stato utile.

Il colonnello Reggiani ripose il rapporto nella scrivania, indossò la giacca e si incamminò a piedi nel bel pomeriggio romano verso piazza Navona: Teresa gli aveva dato un appuntamento per cenare con lui.

– Papà, ti devo dire una cosa, – disse la ragazza appena si furono seduti.

– Ti ascolto.

– Sai quella mia amica da cui mi fermo qualche volta a dormire?

– Sí?

– Non è un'amica. È un amico.

– Ah, – fece il colonnello Reggiani.

– «Ah» è tutto quello che riesci a dire?

– Per ora sí. Poi si vedrà.

– Posso farti io una domanda? Dove andavi quella sera che indossasti lo smoking?

– A una festa.

– Accidenti. In smoking?

– Già.

– E c'era bisogno anche di far lucidare l'Alfa Romeo?

– Sai, ero invitato da una contessa. In un castello. Dovevo pur presentarmi in modo conveniente. Noblesse oblige.

Passio

> Allora Giuda, il traditore, vedendo che Gesú era stato condannato, si pentí e riportò le trenta monete d'argento ai sommi sacerdoti e agli anziani dicendo: – Ho peccato, perché ho tradito sangue innocente –. Ma quelli dissero: – Che ci riguarda? Veditela tu! – Ed egli, gettate le monete d'argento nel tempio, si allontanò e andò a impiccarsi. Ma i sommi sacerdoti, raccolto quel denaro, dissero: – Non è lecito metterlo nel tesoro, perché è prezzo di sangue –. E, tenuto consiglio, comprarono con esso il Campo del vasaio per la sepoltura degli stranieri. Perciò quel campo fu denominato «Campo di sangue» fino al giorno d'oggi.

L'uomo richiuse il libro, un prezioso evangelario miniato, e si lasciò andare sulla poltrona. La luce della lampada scolpiva le profonde rughe che gli solcavano il viso. Sospirò, coprendosi il volto con le mani, poi alzò gli occhi al piccolo crocefisso d'avorio sul tavolo.

– Non si può mettere nel tesoro del tempio, – mormorò. – È prezzo di sangue... tanto sangue... oh, mio Dio! – Restò immobile, con gli occhi fissi e lo sguardo perso come se inseguisse immagini lontane, mentre la sua fronte si corrugava, percorsa da pensieri angosciosi. Alla fine tirò un profondo respiro e raggiunse la porta. L'aprí. Disse a qualcuno che gli stava di fronte: – È già qui?

– Sí, signore. Attende in anticamera.

– Lo faccia passare.

Tornò a sedersi. Poco dopo sentí bussare. Spense la luce centrale e volse la lampada da tavolo verso la porta d'ingresso, in modo che il suo viso restasse nell'ombra, poi disse: – Avanti.

Entrò un uomo sulla cinquantina, dai lineamenti duri, asciutti e dalla corporatura slanciata. Aveva il volto incorniciato da una barbetta grigia, e portava i capelli molto corti, con un taglio quasi militare.

– Noi siamo pronti, – disse. – E siamo dovunque.

L'uomo seduto dietro il tavolo restò un poco in silenzio, come se osservasse il suo interlocutore, poi disse: – Va bene. Sono pronto anch'io. Qui c'è un fascicolo che contiene le istruzioni e le descrizioni dettagliate degli oggetti che dovete portarmi. Ci sono le mappe dei luoghi, gli orari, le abitudini dei custodi. Non voglio sangue. Non deve essere torto un capello a nessuno. In caso contrario va tutto a monte. Sono stato chiaro?

– Sí. Chiarissimo.

– Ci sono obiezioni?

– No. Nessuna.

– Bene. Potete agire. La somma pattuita vi sarà pagata alla consegna. Ma ricordatevi: due fra le scene della *Passione* sono mie. Soltanto mie –. Vi fu un silenzio. – Fra un minuto io uscirò dalla porta che è dietro le mie spalle. Soltanto allora lei si avvicinerà e prenderà il fascicolo. Addio.

Poco dopo si udí un lievissimo cigolio della porta e poi uno scatto, ma non si era udito il minimo rumore di passi, come se si fosse allontanato un fantasma. L'uomo allora si alzò, rivolse la lampada verso il tavolo, prese il fascicolo e uscí.

– Buonasera, signor colonnello, sua eccellenza la sta aspettando. Venga, le faccio strada.

L'usciere in marsina imboccò un lungo corridoio immerso nella penombra coperto da una guida in panno rosso, e si fermò davanti a una pesante porta in mogano. Batté due tocchi discreti, poi aprí e introdusse l'ospite.

L'ambasciatore d'Austria gli era andato incontro: – Caro colonnello, benvenuto in questa casa. Le sono grato di avere accettato il mio invito.

– Sono io che ne sono onorato, eccellenza, – rispose l'ufficiale.

– La prego, si accomodi, – disse l'ambasciatore indicando all'ospite una poltrona coperta di damasco. – Posso offrirle qualcosa da bere?

– Prenderò volentieri un caffè, se lei mi fa compagnia.

L'ambasciatore chiamò l'usciere e dispose per il caffè, poi offrí da fumare all'ospite: – Egiziane. Me le manda sempre l'ambasciatore del presidente Mubarak. Siamo amici.

– Allora, a cosa debbo il piacere di incontrarla, signor ambasciatore?

– Purtroppo, colonnello, l'occasione non è delle piú felici, ma siamo convinti che lei sia l'unica persona che ci possa aiutare. Vede, alcuni giorni fa dei ladri si sono introdotti nella chiesa del monastero dei benedettini di Sankt Lambrecht e hanno asportato delle opere d'arte che hanno per noi una eccezionale importanza. Ecco, guardi, qui ci sono le schede e le fotografie dei pezzi rubati.

Il colonnello Reggiani prese dal tavolino un fascicolo e cominciò a sfogliarlo. Apparvero le foto di quattro altorilievi in stile tardogotico con scene della passione di Gesú, poi tre grandi gruppi scultorei in pietra sempre in stile gotico, e ancora sei statue di santi e di martiri.

– Vede, – riprese l'ambasciatore, – siccome i suoi uomini già una volta sono riusciti a recuperare delle opere d'arte trafugate nel nostro monastero di Sankt Leonhard in Carinzia, ho pensato che nessuno meglio di voi...

– Abbiamo anche avuto fortuna allora, signor ambasciatore. Non è detto che possiamo farcela pure stavolta. In ogni caso può contare su di noi. Faremo quanto ci è possibile per aiutarla.

– La ringrazio, colonnello. Anche a nome del mio governo. Le farò pervenire al piú presto tutti gli elementi che possano esserle utili per le indagini.

L'ambasciatore lo accompagnò alla porta e Reggiani raggiunse l'auto dirigendosi verso il comando del nucleo. Ogni tanto, ai semafori rossi, gettava un'occhiata alle fotografie delle opere d'arte rubate che aveva appoggiato sul sedile anteriore. Si trattava di pezzi di grande potenza espressiva. In particolare le formelle che rappresentavano scene della Via Crucis: immagini di tragica potenza e di grande *pathos*.

Appena ebbe raggiunto l'ufficio ascoltò i messaggi della segreteria telefonica, poi fece salire il tenente Ferrario per metterlo al corrente.

– Bel casino, comandante, se mi passa l'espressione. Non abbiamo uno straccio d'indizio, una pista, niente. Qui non ci vuole un investigatore, ci vuole un veggente.

– Comunque dobbiamo fare il possibile. L'ambasciatore si è rivolto a noi perché già una volta gli abbiamo recuperato quei dipinti rubati all'abbazia di Sankt Leonhard. E in fin dei conti non è detto che esplorando quell'ambiente non riusciamo a beccare qualche indizio.

– Va bene, comandante, vedo cosa si può fare. Pensavo che potremmo mettere in pista i colleghi di Bologna. In fondo si sono comportati piuttosto bene in quell'occasione. Senza contare che quella è una zona buona: grande nodo autostradale, grande nodo ferroviario... Sempre che quelle opere abbiano passato il Brennero verso sud. Potrebbero essere già all'estero.

– Non si può escludere, però è vero, i grandi mediatori stanno sul mercato in Emilia. Anche se i pezzi sono diretti all'estero, prima dovrebbero passare da Bologna. Avverto io il comandante della legione a Parma. Tu intanto stabilisci il contatto diretto e operativo. Bisogna infiltrare uomini sul mercato un po' dappertutto.

Il tenente Ferrario andava sempre volentieri a Bologna. Era una città piena di vita ma ordinata e tranquilla. La gente era simpatica, la cucina ottima. Incontrò un collega, suo vecchio compagno di accademia, il tenente Andrea Rizzo, che lo inserí nel giro degli informatori. Ogni tanto, la sera, si vedevano in un locale del centro antico, da Gianni al *Tinello*, per scambiarsi le informazioni e stare allegri con le battute e le barzellette demenziali dell'oste.

– Il mio comandante mi spella vivo se non gli porto uno straccio di indizio. Ogni volta che lo sento è piú nervoso, – disse Ferrario. – Il ministro gli ha fatto sapere che è essenziale risolvere questo caso.

Sono in corso importanti trattative politiche con l'Austria, e il successo di questa operazione avrebbe un forte ritorno di immagine presso l'opinione pubblica di Vienna.

– Piú di cosí non possiamo fare. Abbiamo saturato l'ambiente. Spingersi oltre può essere pericoloso: piú sono gli infiltrati e maggiori sono le possibilità che vengano scoperti, – disse il tenente Rizzo.

– Già. Comincio a credere che qui a Bologna non ne caveremo nulla. Forse conviene spostarsi in Austria. Mi consulterò con il comandante e poi ti farò sapere.

Il tenente Ferrario aspettò ancora qualche giorno nella speranza che si potesse raccogliere qualche informazione, poi si rassegnò a chiamare il colonnello Reggiani. Gli disse che secondo lui non c'era nessuna pista da seguire a Bologna e dintorni, e che era meglio tentare altrove, magari in Austria o in Svizzera. Ma il colonnello Reggiani gli troncò la parola.

– Ci sono novità.

– Ah, meno male che lei è riuscito a sapere qualcosa. Qui non abbiamo concluso niente.

– Guarda che non hai capito. Ho visto i rapporti Interpol e ci sono stati altri furti. Uno in Francia, in un'antica abbazia, e l'altro in Portogallo, a Batalha.

– Spero che non dovremo occuparci anche di quelli. Immagino che ci penseranno i francesi e i portoghesi.

– E invece no. Secondo me è bene che ce ne occupiamo noi. Vieni giú, ché ti devo spiegare alcune cose.

Il tenente Ferrario si congedò dal collega raccomandandogli di non mollare e di tenerlo informato di qualunque cosa venisse a sapere, e si presentò a rapporto dal suo comandante.

Il colonnello Reggiani aveva già sul tavolo le fotografie degli oggetti rubati in Francia e in Portogallo.

– Ecco qua, – disse mostrando la prima fotografia. – Questa è la chiesa parrocchiale di Gimel-le-Corrèze. Dalla sacrestia sono stati asportati questi due oggetti, il reliquiario e la pisside. Sono pezzi di straordinario valore, tre milioni di dollari è la stima, piú o meno. E questo, – proseguí, – è il furto di Batalha, in Portogallo. Una serie di formelle di grande fattura e importanza enorme. Un vero e proprio simbolo nazionale, perché facevano parte del bottino di guerra della battaglia di Aljubarrota con cui i portoghesi si affrancarono dal dominio spagnolo.

– Mi rendo conto, – disse il tenente. – Ma non vedo cosa c'entrino con il nostro problema.

– Guarda bene, Ferrario, non noti nulla?

– Già… per la miseria, ha ragione: il tema della passione di Cristo… La Via Crucis di Sankt Lambrecht, la decorazione a rilievo di questa pisside di Gimel-le-Corrèze e le formelle di Batalha… Tutti gli oggetti rappresentano il tema della passione di Cristo. Ma quale può mai essere il motivo?

– Mah… Però è molto strano per essere solo una coincidenza. Tutto fa pensare che ci sia qualche nesso fra questi tre furti, anche se, in realtà, sono stati asportati pure altri oggetti. Bisogna trovare un'idea, uno spunto.

– Comandante, qui tocca fare un lavoro di zappa, schedari, pregiudicati, antecedenti… Mi rimetto al lavoro.

– Sí, però… credo che bisognerebbe pensare a qualcuno di particolare… non so… certi ambienti della magia nera, o di certo misticismo. Chi ha operato conosceva alla perfezione un tipo di ambiente molto particolare: chiese, abbazie...

Il tenente Ferrario alzò la testa: – Comandante, non mi sta suggerendo per caso di indagare nell'ambiente del...

– Vaticano? No, accidenti, non intendo quello. Sto pensando però a personaggi che abbiano avuto a che fare con l'ambiente ecclesiastico e della religione, visto che ladri e criminali non frequentano di solito chiese, oratori e conventi al punto da conoscerli in ogni minimo dettaglio.

– Ho capito. Un criminale religioso o un religioso criminale.

– Qualcosa del genere. Piú o meno. Ci vediamo, Ferrario.

– Ci vediamo, comandante.

Il tenente Ferrario scese in strada e si allontanò a piedi, come sempre faceva quando doveva riordinare le idee. Arrivò in piazza del Pantheon, si sedette a un tavolino all'aperto e ordinò un caffè. Davanti sciamava un gruppo di giapponesi condotto da una giovane guida che spiegava con tono animato i particolari del grande monumento. Nel groviglio di parole incomprensibili di quel remoto idioma asiatico emergevano di tanto in tanto suoni come Agrippa, Augustus, Hadrianus, come scogli in un oceano battuto dal vento. Eppure il mondo si integrava sempre di piú. Un giorno tutti avrebbero parlato la stessa lingua, usato gli stessi simboli, vestito e mangiato nello stesso modo. Che noia.

Si mise a sorbire il caffè, lanciando ogni tanto qualche occhiata alle ragazze in minigonna che passavano. A un certo punto vide un ecclesiastico in clergyman che attraversava in fretta la piazza. Il suo modo di camminare, ma soprattutto il suo volto, gli richiamarono alla memoria un altro personaggio, un uomo che aveva visto di sfuggita in Austria quando avevano riconsegnato le tavole di Sankt Leonhard. Era stato il vicario di una importante diocesi dell'Europa orientale, e per questo era stato tenuto prigioniero nelle prigioni di Stalin e in quelle di Tito subendo ogni sorta di violenze e di persecuzioni senza mai piegarsi, senza mai abiurare ma, a quanto si sentiva dire, uscendone minato nella psiche. Anche dopo la sua liberazione aveva continuato a infliggersi penitenze severe, a praticare un'ascesi durissima maturando una sorta di ossessione della passione di Cristo, quasi un'identificazione con il Redentore sofferente.

Un canonico della collegiata gli aveva raccontato che il prelato viveva quasi sempre in ritiro in un eremo sulle Alpi che aveva fatto restaurare a sue spese, ma che era nota a tutti, specie nelle alte sfere, la sua dolorosa e inquietante situazione mentale. Un'espressione che a Ferrario era suonata come una vera e propria ammissione di follia.

Ma no. Non era possibile. Un uomo nella sua condizione, anche volendo, non sarebbe mai riuscito a organizzare un'operazione tanto complessa e rischiosa. Certo che la connessione con il tema della passione e della Via Crucis… e la condizione di ecclesiastico… Ci voleva un contatto adatto. Ma dove, dove?

Pagò il caffè e riprese la via di casa. Una piccola mansarda nella zona di piazza del Popolo che una vecchia zia gli aveva affittato a un prezzo politico.

La domestica a ore era passata e aveva rigovernato con diligenza. Pensò di buttar giú un po' di pasta per cena. Non gli andava di mangiare in trattoria. Si tolse l'uniforme, infilò dei jeans e una maglietta, mise il disco dell'ultimo album di Zucchero Fornaciari, *Miserere*. «Tanto per stare in argomento», pensò. Cercò nel frigo un po' di basilico, i pomodori pelati, il peperoncino. Gli piaceva cucinare. E gli piaceva anche starsene per i cavoli suoi. Piú ci pensava e piú quella gli sembrava la pista buona. Ma il contatto? È lí che ti voglio. Sale grosso. L'unico prete che conosceva era don Nino, uno che si dedicava al recupero dei drogati. Come dire che non conosceva nessuno. Olio di frantoio, quello verde.

Scolò la pasta e versò il sugo. Favoloso. Staccò lo stereo e accese la Tv per vedere un po' di telegiornale. La pagina degli esteri era tutta sulla Iugoslavia che andava in pezzi. Pecorino sardo. Era lui! Per un attimo lo vide ripreso accanto a un alto ufficiale dell'esercito croato e a un paio di rappresentanti del parlamento locale. Ma fu un attimo.

Si attaccò al telefono e chiamò la Rai chiedendo una cassetta registrata del giornale in onda. Voleva essere sicuro di non essersi ingannato. L'uomo era in borghese e in fondo l'aveva visto solo per pochi attimi.

– Gliela mandiamo con un pony, tenente, – dissero dalla Rai.

Meno male. Gli sarebbe dispiaciuto non poco rinunciare alla sua pasta fumante appena scodellata. Si mise a mangiare di gusto. Andava matto per mangiare guardando la Tv. *Tv dinner*, come dicono in America. Dopo la pasta sfilò dal frigo un vassoio di formaggi francesi assortiti: erano stati in offerta all'ipermercato nell'ultima settimana ed erano l'ideale per il *Tv dinner*, sui craker. Doveva essere lui. Ma ammesso che lo fosse, il che non era detto, quale poteva essere in realtà la connessione?

Arrivò il pony con la cassetta e il tenente Ferrario la mise subito nel videoregistratore. Azionò il fermo immagine al momento opportuno. Era lui. Al novanta per cento era lui.

Il giorno dopo si presentò dal colonnello Reggiani:

– Comandante, ho una pista. Roba grossa. Ma ho bisogno di un contatto importante in ambiente ecclesiastico –. E gli raccontò quello che gli era successo la sera prima.

– Vedrò cosa posso fare, Ferrario. Intanto continua a lavorarci, mi sembra che tu sia sulla strada giusta. Prima o poi potresti anche diventare un investigatore di classe.

– Prima o poi, comandante? – disse il tenente con aria avvilita.

Qualche giorno dopo, una mattina, mentre si radeva davanti allo specchio in bagno, il tenente Ferrario udí squillare il telefono:

– Marco, sono Andrea Rizzo. Ci sono novità.

– Dove sei?

– A Bologna. E dove se no?

– Vuoi dire che la roba è lí?

– Mah, qualcosa c'è di sicuro. Da una descrizione accurata penso di poter tracciare l'identikit di uno dei pezzi di Sankt Lambrecht. È una delle sculture, un busto ligneo policromo quattrocentesco che rappresenta un vescovo. E poi uno dei gruppi scultorei in pietra: una Vergine con bambino e santi inginocchiati ai suoi piedi.

– Alla faccia, Andrea, ce l'hai fatta! Hai notizia solo di quei pezzi? Sai nulla di formelle della Via Crucis?

– Niente. So quello che ti ho detto.

– È anche troppo. Non li far scappare, per favore, non li far scappare. Se non li fai scappare ti pago una cena, ok? Dove vuoi tu, al *Pappagallo*, al *Don Chisciotte*, oppure al *Tinello*, insomma, dove vuoi. È una faccenda grossa. Questo è un giro che scotta, te lo giuro.

– Non ti preoccupare, fa' conto di dovermela già pagare, quella cena. Lo sai che sono un mastino.

– Lo so, ma stai attento. Temo sia gente pericolosa.

Si vestí in fretta e si precipitò al comando. Il colonnello Reggiani entrava in quel momento e si vedeva lontano un miglio che aveva la luna per traverso.

– Buongiorno, signor colonnello, – disse Ferrario portando la mano alla visiera.

– Buongiorno, Ferrario.

Il tenente Ferrario gli andò dietro lungo le scale:

– Comandante, ci sono notizie fresche.

– Ne ho anch'io e non mi piacciono per niente. Vieni, dobbiamo studiare un piano d'azione.

Il colonnello Reggiani si sedette alla sua scrivania e si accese una sigaretta.

– Parla prima lei o parlo prima io? – chiese Ferrario. – È meglio che parli prima lei, – aggiunse subito. – *Ubi maior minor cessat.*

– Sono riuscito ad avere notizie tramite l'Interpol e un contatto giusto in Austria. Ho utilizzato inoltre quel tuo collega, Oberwalder, quello che ci ha aiutato a incastrare la banda del conte Ferretti. È in gamba quel ragazzo, ha classe. Bene, siamo in un ginepraio. È quasi certa la secessione imminente di Slovenia e Croazia, e ho buoni motivi per pensare che l'uomo che hai individuato sia collegato a forti gruppi nazionalistici che vogliono l'indipendenza di Zagabria e al tempo stesso il finanziamento dei costi enormi dell'operazione. Il suo nome è padre Stefan Branković, e mentre è certamente squilibrato per le persecuzioni e le torture subite negli anni del carcere, si è però mantenuto straordinariamente lucido per altri aspetti. Oberwalder è riuscito a tracciare una mappa della sua vita. Non ci sono dubbi: è stato ospite in tutti e tre i luoghi in cui sono avvenuti i furti. Inoltre, il personaggio che gli appare al fianco in quel video è un ufficiale croato di fede cattolica, acceso nazionalista, membro dei servizi segreti. Nessuno di loro, a quanto ne so, ha contatti con la chiesa istituzionale, e le autorità ecclesiastiche lo considerano con un certo, tollerante compatimento.

– Comandante, – disse il tenente Ferrario, – il valore complessivo degli oggetti rubati quanto può essere? Dieci milioni di dollari? Non mi sembrano comunque sufficienti per finanziare una secessione.

– No, certo che no. Ma sono sufficienti per finanziare un particolare progetto. Per esempio la punizione esemplare dei vecchi persecutori, visti ormai come dirette incarnazioni del male, oltre che un notevole sostegno a certi leader che preparano la secessione. Non dimentichiamo inoltre che ai suoi occhi la separazione della Croazia dalla Iugoslavia può sembrare una riannessione a Roma di una provincia cattolica.

– E la Via Crucis? Le formelle con le scene della passione di Cristo?

– Quelle probabilmente riguardano un qualche suo itinerario interiore. Una forma di identificazione con una realtà ascetica e penitenziale. Pare si tratti di una vera e propria ossessione penitenziale, visto che trascorre la maggior parte del tempo nell'eremo di Sankt Ulrich a Grünwald, in Carinzia, un luogo seminaccessibile.

– Accidenti, comandante... è lí che si nasconde la chiave della sua follia, in quelle formelle.

– Già, ma quale? Quale?

– Ieri mi ha telefonato da Bologna il tenente Rizzo. Come le ho detto, ci sono novità.

– Di che si tratta?

– Qualcuno sta cercando di vendere alcuni pezzi che sicuramente provengono da Sankt Lambrecht e da Batalha. Io non ho dubbi che si tratti di quelli, l'identikit degli oggetti che ha fornito Rizzo è molto preciso.

– Stai scherzando. Stanno cercando di vendere qui?

– Già. Cosí almeno si direbbe.

– Occupatene tu, assieme a Rizzo. Tenetegli i denti sul collo, ma state attenti. Questi non ci pensano due volte a sparare.

– Ci starò attento, comandante.

– Bene. Oberwalder è ancora in Austria, dove si mimetizza a meraviglia. Si sta avvicinando all'obiettivo. Credo sotto le spoglie di un pio sacerdote. Che Dio gliela mandi buona –. Indicò una cartella appoggiata sul tavolo: – Qui c'è la documentazione che ci ha trasmesso da Vienna. Io ne ho già una copia, prendila e studiatela. Potrebbe sempre venirne fuori qualcosa.

Il tenente Lamberto Oberwalder giunse nei pressi del piccolo eremo di Sankt Ulrich, in Carinzia, con una lettera, falsa, del priore del capitolo di Santo

Stefano di Vienna, sicuro di non essere comunque scoperto dato che il priore era a Roma per una settimana di esercizi spirituali. La lettera, chiusa e sigillata, diceva:

> Laudetur Iesus Christus!
>
> Reverendissimo padre Branković,
> desidero raccomandarLe il giovane padre Franziskus Messmer, reduce da una missione in Africa dove ha contratto una grave forma di esaurimento. Da tempo non riesce piú a vivere in comunità e ad avere rapporti con i confratelli. Ho pensato che Lei potrebbe riservargli una cella nel suo eremo, dove non Le arrecherà alcun fastidio. Un periodo di riposo potrà forse ricondurlo alla normalità. Consideri questo favore come fatto a me personalmente.
> Suo,
>
> padre Hans Joseph Schmidt
> priore del capitolo di Santo Stefano

Padre Branković ricevette l'ospite nel suo studio, una camera austera e disadorna in cui troneggiavano soltanto un pesante tavolo di quercia e un mobile libreria, e aprí la lettera, accuratamente, con un tagliacarte. La lesse con attenzione, scrutando, fra una riga e l'altra, il suo latore dall'orlo superiore dei mezzi occhiali. Oberwalder fissava il vuoto come si conveniva al personaggio descritto nella lettera.

– Sono molto obbligato a padre Schmidt, che in piú di un'occasione mi è stato fraternamente vicino, e sarò felice di ospitarla. Non posso fare molto per lei, oltre a questo, ma mi auguro che le sarà di giovamento. I pasti le saranno serviti in camera, ma se lo desidera potrà cenare con me il giovedí e il sabato. Sarà sufficiente che me lo faccia sapere. Domani per l'appunto è giovedí.

– Sarò onorato di cenare con lei domani sera. Se non la disturbo.

– Non mi disturba, altrimenti non glielo avrei chiesto, – rispose padre Branković con una certa durezza.

– Quand'è cosí, verrò volentieri. E ora, con il suo permesso, vorrei sistemarmi nella mia camera.

– Buonanotte, padre Messmer.

– Buonanotte, padre Branković.

Il tenente Oberwalder raggiunse la sua cella, dove il gelo della montagna era a malapena temperato da una stufetta di terracotta ma dove l'aria profumava di pulito, di calce e di legno. Aggiunse un ciocco e riattizzò il fuoco, poi si spogliò, indossò il pigiama e si rannicchiò sotto le coperte. Il silenzio era rotto soltanto dal lieve crepitare delle fiamme nella stufa.

Trascorse la giornata successiva passeggiando nei boschi e guardandosi intorno. Nulla sembrava turbare quella solitudine e quella pace. Nessun visitatore appariva alla vista. Quando venne l'ora di cena, indossò il clergyman e si presentò nel refettorio. Una suora dall'aspetto decrepito serví la minestra fumante e Oberwalder invitò con il *Benedicite* il suo anfitrione a benedire il cibo. Padre Branković tracciò un gran segno di croce sulle vivande dicendo: – *Benedic, Domine, nos et haec tua dona*... – poi si sedette e augurò buon appetito.

Gli fece parecchie domande, durante la cena, sui suoi studi, sulla missione in Africa, sulle sue esperienze pastorali, ma disse assai poco di sé. Poco o nulla. Si ritirò dopo aver preso il caffè, augurando la buonanotte.

Anche Oberwalder si ritirò e trascorse un paio d'ore leggendo una biografia di sant'Ignazio di Loyola. Non volendo correre pericoli, non aveva portato con sé che libri e pubblicazioni di carattere religioso. Capiva però che se le cose fossero andate per le lunghe gli sarebbe venuta la depressione. Si addormentò abbastanza presto, rilassato dal calore del piumone e dal piacevole senso di spossatezza che gli dava l'aria di montagna, ma si svegliò nel cuore della notte, scosso da un rumore. Si accostò alla finestra e vide, in lontananza, delle luci che illuminavano la neve: un'auto da fuoristrada, o un gatto delle nevi, accendeva e spegneva i fari, come se facesse dei segnali.

Oberwalder notò che qualcuno usciva da una porticina dell'eremo e si faceva incontro alle luci: padre Branković!

Si buttò sulle spalle un cappotto, prese la macchina fotografica carica con pellicola high speed e si diresse verso l'appartamento del padre priore, tenendo in mano una piccola torcia elettrica. Attraversò lo studio e percorse un lungo corridoio in fondo al quale si apriva una porticina che lasciava filtrare un debole chiarore. Spinse delicatamente per non fare il minimo rumore ed entrò. I suoi occhi si riempirono di stupore: c'era un inginocchiatoio al centro di una grande camera spoglia rischiarata dalla fiamma di alcune lucerne, e c'erano alle pareti formelle della Via Crucis, di fatture ed epoche diverse ma nella loro sequenza logica. Ne mancavano due, ma nel posto vuoto apparivano le riproduzioni fotografiche degli originali: erano formelle di Sankt Lambrecht e di Batalha! Guardò le altre originali che pendevano dal muro e si rese conto che avevano tutte qualcosa in comune: il Cristo, in qualche modo, sembrava somigliare a padre Branković.

Un rumore di passi lo riscosse. Si volse e fece per immettersi nel corridoio, ma vide padre Branković venir fuori dall'uscita posteriore del suo studio. Non aveva via di scampo. Tornò indietro: c'era una porta sul fondo di quella specie di cappella. L'aprí e si trovò in un altro corridoio su cui si aprivano altre due porte. Provò ad aprirle, ma erano sbarrate. Se padre Branković lo avesse visto in quell'ala dell'edificio, come avrebbe potuto giustificarsi?

Si diresse allora all'unica finestra in fondo al corridoio, l'aprí e uscí sul cornicione appena in tempo. Padre Branković entrava nel corridoio dopo aver attraversato la cappella della Via Crucis, seguito da un uomo in uniforme mimetica. Oberwalder, attraverso la fessura della finestra, scattò in rapida successione alcune fotografie. Padre Branković intanto raggiungeva una delle porte, l'apriva e poi la richiudeva a chiave.

Oberwalder non se la sentí di riaprire la finestra e calarsi nuovamente nell'interno, perché il minimo rumore avrebbe potuto tradirlo. Percorse un cornicione finché giunse a una scaletta di ferro che lo collegava al cornicione superiore, su cui si affacciava il balconcino della sua cella. Salí la stretta rampa arrugginita che un tempo doveva collegare il corpo dell'eremo a una vecchia torre in parte demolita, facendo attenzione a non fare il minimo rumore, e finalmente si trovò sul cornicione superiore. Il vento della notte gli gelava le membra e gli procurava acute fitte di dolore. Cominciò a muoversi lungo il cornicione superiore coperto di neve ghiacciata, in direzione del balconcino della sua cella, ma a un certo punto dovette fermarsi perché il passaggio era interrotto dalla canna di un camino che saliva dal piano inferiore.

Vi si aggrappò con le mani cercando di passare dall'altra parte, prima con una gamba e poi con l'altra. Ma mentre si trovava in quella posizione, con la faccia appoggiata alla canna udí delle voci convogliate dal basso. Era evidente che qualcuno stava parlando nella camera di sotto, davanti al camino. Si fermò allora, nonostante il gelo gli tagliasse le carni.

– Avrò il denaro entro un paio di settimane al massimo, – disse una voce.

– Quanto? – chiese l'altra voce che sembrava quella di padre Branković.

– Tre milioni di dollari, forse di piú. Dipende dal cambio sulla lira italiana.

– Ne è sicuro?

– Sí. La trattativa con gli acquirenti è in corso.

– Ma ricordatevi, – disse ancora padre Branković, – non tutte le formelle della Via Crucis devono essere vendute. Due le voglio per me... nel modo piú assoluto. Sapete quali.

– Sta bene. Si farà come vuole lei.

– E appena avrete il denaro, agirete?

– Immediatamente. I responsabili della sua persecuzione saranno annientati. Sappiamo dove sono. Non si nascondono, credono di essersi ormai riciclati fra gli indipendentisti. Colpiremo senza pietà chiunque tenti di fermarci, chiunque ci attraversi la strada. E acquisteremo armi a sufficienza per sostenere...

Un rinforzo improvviso del vento coprí con un sibilo le ultime parole e il tenente Oberwalder si portò dall'altra parte del cornicione per cercare di raggiungere la sua cella prima che i crampi e il gelo gli paralizzassero le membra. Scavalcò con enorme fatica la ringhiera del balconcino, forzò la maniglia della finestra e rientrò, con un ultimo sforzo, in camera sua. Si mise subito a letto come se temesse che qualcuno potesse entrare da un momento all'altro, e perché sentiva il disperato bisogno di far rifluire un po' di calore nel corpo ghiacciato.

Il giorno dopo fece colazione da solo, nel refettorio, poi si vestí molto bene, prese il breviario e si allontanò in direzione del bosco. Appena fu al riparo, aprí il breviario, estrasse una piccola radiospia e chiamò:

– Parla Austria felix, rispondi, Drago.

Rispose dall'altra parte la voce del colonnello Reggiani:

– Qui è Drago. Parla, Austria felix.

– Padre Branković è il committente del furto ma quasi certamente c'è qualcuno di molto importante al suo fianco. Ha fatto rubare le formelle perché le deve inserire in una sua Via Crucis... una cosa molto strana, composta di pezzi eterogenei provenienti probabilmente da ogni parte del mondo. L'unica cosa che hanno in comune è che in ognuno di essi il Cristo ha un'inquietante somiglianza con padre Branković.

– Vuoi dire che quell'uomo vive in una sorta di perenne raptus mistico in cui si identifica con il Cristo sofferente... e che anche tu, in qualche modo, ne sei influenzato.

Oberwalder restò in silenzio per qualche istante, poi disse:

– Forse, Drago. Forse... Quassú si vive in un'altra dimensione, in un altro tempo. State attenti, la cessione è imminente, ma sono pericolosi, molto pericolosi.

– Staremo attenti, Austria. Ma bada a te, piuttosto, sei solo lassú e non possiamo aiutarti.

– Lo so, Drago. Passo e chiudo.

Oberwalder nascose di nuovo la radio nel breviario e riprese la via del ritorno. Ma mentre si avvicinava all'eremo non si accorse che qualcuno lo osservava dall'alto, dal ballatoio mezzo in rovina della vecchia torre. Padre Branković seguiva ogni suo passo ma di lassú il suo sguardo vedeva anche, chiare ed evidenti, le impronte di piedi sul cornicione del primo e del secondo piano, fino al balconcino della camera dell'ospite.

Il capitano Alfieri girò la chiave nel cruscotto e avviò il motore della Lancia Thema, imboccando prima i viali di circonvallazione e poi la strada dei colli in direzione di San Michele in Bosco. Lasciò presto gli ultimi sobborghi della città e prese la strada che conduceva al piccolo borgo di Paderno, poche case strette attorno a una chiesetta.

Dopo un paio di chilometri si accorse che una Bmw scura lo seguiva a rispettosa distanza. Passò istintivamente una mano sotto la plancia per trovare il freddo contatto della calibro 9 con il colpo in canna.

La voce che gli aveva fissato l'appuntamento era stata categorica. Doveva presentarsi da solo e con facoltà di trattare in modo autonomo. Non volevano altri interlocutori per nessuna ragione. Aveva accettato, ma era evidente che non si fidavano.

Intanto in città il tenente Ferrario stava pedinando l'uomo che aveva parlato con Alfieri al telefono, e ora si dirigeva a piedi verso il centro. Raggiunse piazza

Maggiore e l'attraversò con passo deciso dirigendosi verso l'ingresso della basilica di San Petronio. Il tenente Ferrario attese che fosse entrato, poi si affrettò a sua volta verso il maestoso portale della basilica. Entrò e attese un poco per adattare lo sguardo alla penombra che regnava all'interno dell'immenso tempio deserto. Lo vide: stava seduto su un banco, come se fosse raccolto in meditazione. Si mise allora al riparo dietro un pilastro, poi estrasse un binocolo e lo tenne sotto stretta osservazione. A un tratto vide che prendeva un oggetto dalla tasca interna della giacca e l'accostava all'orecchio.

– Sta ricevendo una telefonata nel cellulare, – disse parlando in un microfono che gli sporgeva di sotto il bavero. – Vedete di beccarlo.

– Stiamo facendo il possibile, – rispose dall'altra parte la voce del tenente Rizzo. – Tu intanto cerca di non perderlo. E stai attento. Abbiamo l'impressione che il nostro amico si faccia guardare le spalle.

Appena ricevuto il messaggio, il tenente Rizzo attaccò il registratore alla spina dell'intercettazione e si volse con un'occhiata d'intesa all'interprete che stava seduto accanto a lui con in testa la cuffia auricolare.

Appena la conversazione fu terminata Rizzo si rivolse all'interprete: – Cosa si sono detti?

– Niente, maledizione. L'hanno solo voluto mettere alla prova. Un sacco di domande difficili. Sono astuti e diffidenti. Molto pericolosi.

– Bel casino, – disse il tenente Rizzo. – Quelli ci vogliono prendere in contropiede. Sono ossi duri. E adesso bisogna avvertire Ferrario. Se lo incastrano in qualche modo va tutto a puttane –. Lo chiamò alla radio: – Kit Carson a Tex Willer, rispondi.

– Qui è Tex Willer, – rispose la voce del tenente Ferrario.

– L'operazione Mefisto è in stallo e rischia l'avvitamento. Stai attento alle zanzare, se una ti punge sei morto. Si tratta di zanzare killer. Mi capisci?

– Ti capisco, Kit Carson. Appena tutta questa faccenda sarà finita ti offrirò una bistecca di tre libbre e una montagna di patatine fritte. Da Gianni, al *Tinello*.

– Aggiudicato, Tex. Però, se ci riesci, vedi di piazzargli uno stampone, che ci farebbe comodo.

– Ci provo, Carson. Aquila della notte passa e chiude. *Adios*.

L'uomo intanto si era mosso dal suo posto e camminava lentamente lungo la navata laterale della basilica, osservando i quadri e le sculture che adornavano le cappelle laterali. Il tenente Ferrario previde il suo itinerario e scivolando dietro un pilastro guadagnò un confessionale nascondendosi all'interno. L'uomo gli passò molto vicino e si fermò, forse guardando la grande tela cinquecentesca che troneggiava sull'altare della cappella che si apriva nelle immediate vicinanze, ma forse sentiva anche qualcosa. Aveva un'espressione ferina e guardinga, come di un predatore in allarme. Ferrario riuscí a trovare il sangue freddo per puntare la macchina e scattare due, tre fotogrammi. L'uomo restò ancora un poco immobile, poi si diresse verso l'uscita e scomparve oltre la porta.

Ferrario attese qualche minuto, poi sbirciò intorno, sgattaiolò all'esterno e guadagnò a sua volta l'uscita. Nella grande piazza inondata di sole l'uomo era già lontano, si dirigeva in fretta verso la fontana del Nettuno, in direzione di via Ugo Bassi. Ferrario decise di giocare d'anticipo: aggirò il palazzo comunale sulla destra, s'infilò nella galleria buia di Palazzo Re Enzo e sbucò dall'altra parte proprio mentre l'uomo si apprestava ad attraversare.

Spazio scoperto. Non voleva farsi notare. Volse lo sguardo e vide l'imbocco del sottopasso, vi si buttò e riemerse guardingo dall'altra parte per controllare la direzione di marcia del pedinato. Tornò nel sottosuolo e corse all'uscita successiva, in direzione di via San Felice. Se l'uomo si fosse infilato sotto i portici non gli sarebbe piú sfuggito, le colonne erano ottimi ripari per un pedinamento ravvicinato. Alla fine i suoi sforzi ebbero buon esito: vide l'uomo entrare in una pensioncina non lontano dall'ospedale militare.

Poco dopo sentí di nuovo la voce di Rizzo che lo chiamava: – Kit Carson a Tex Willer, rispondi.

– Qui Tex. Tutto ok. Gli ho fatto lo stampone e so anche dove alloggia: pensione *Silvana*, via San Felice 72/A.

– Molto bene, Tex, però c'è un problema: Mefisto sta rientrando ma temiamo che sia pedinato e non possiamo avvertirlo. Hanno voluto che venisse con una macchina senza telefono né Cb. E di sicuro lo hanno anche perquisito, per cui non ha alcuna possibilità. Devi occupartene tu. Se dovesse tirarseli dietro fino alla base succederebbe un macello.

– Da dove è previsto il rientro?

– Da porta San Mamolo.

– Ci penso io. Tu manda Tiger Jack a sostituirmi. Non possiamo mollare questo qua.

– Ricevuto, Tex. Provvedo subito –. Si volse a Loporto che stava mangiando un panino con la mortadella: – Pensione *Silvana*, San Felice 72/A. È biondo, alto 1,85, con la faccia da assassino. Vedi di non perderlo.

Tiger Jack mandò giú l'ultimo boccone di pane e mortadella, s'infilò uno spolverino da freak, si calcò in testa un cappellaccio di feltro nero a tese larghe, occhiali neri sul naso e sparí.

Il tenente Ferrario lo riconobbe da lontano; gli fece un cenno come per dire: «Piazzati qui», e si allontanò. Raggiunse l'auto e si diresse a tutto gas lungo i viali di circonvallazione e i semafori rossi verso porta San Mamolo. Si piazzò in posizione favorevole e prese il binocolo per controllare la situazione da lontano prima che gli piombasse addosso d'improvviso. Non passò un quarto d'ora che apparve la Lancia Thema grigio metallizzato del capitano Alfieri, e dietro una fila di macchine. Il tenente Ferrario ne lasciò passare un numero ragionevole, tale da includere un possibile pedinatore che non avesse voluto perdere il contatto con la Thema, poi anche lui gli si mise in coda tagliando la strada a un'Apecar che andò a piantarsi in una siepe dei giardinetti. Dopo alcune svolte e qualche semaforo, Ferrario si accorse che c'era una Renault 5 che non perdeva mai la coda della Thema ma restava sempre prudentemente nascosta, prima dietro un Ford Transit, poi, dopo che aveva svoltato in un vicolo, dietro un furgoncino della Ups. Abili. Anzi, diabolici, visto che la cosa poteva essere notata solo da dietro. Ma ormai era ora di prendere una decisione, visto che Alfieri, pur ricorrendo a qualche diversivo prudenziale, avrebbe finito per fermarsi e offrire la possibilità di essere localizzato e identificato in modo definitivo. Il che sarebbe equivalso a un disastro per l'indagine e a un pericolo mortale per Oberwalder.

Si fece sotto e aspettò il momento opportuno, poi, al primo semaforo rosso con vigile, tamponò la Renault stringendola contro il marciapiede. Alfieri ripartí col verde, libero come l'aria. Quando rientrò alla base, mezz'ora dopo, trovò nel cortile la 164 nera del comandante. Il tenente Ferrario li raggiunse dopo un'ora circa tenendo in mano un rullino di pellicola.

– Allora, – disse il colonnello Reggiani indicando l'uomo fotografato in San Petronio. – Questo qua è Ivan Ružić, un personaggio estremamente pericoloso, implicato in ogni sorta di loschi traffici. Sulla sua testa pende un mandato di cattura internazionale. Quest'altro, invece, – e indicò il proprietario della Renault 5 che Ferrario era riuscito a inquadrare marginalmente mentre fingeva di fotografare le auto per la compagnia di assicurazione, – be', quest'altro è ancora peggio, un criminale incallito, già piú volte condannato per traffico d'armi e di droga, indiziato per omicidio, evaso da un carcere della Germania orientale con complicità sospette. Si chiama Vlad Bozan. Non dobbiamo lasciarceli sfuggire, per nessun motivo –. Si volse verso il capitano Alfieri: – Come siete rimasti intesi?

– Mah, hanno detto che si rifaranno vivi loro, quando sarà il momento.

– Già, però Bozan ti stava dietro. E se avessero subodorato qualcosa? – Guardò l'orologio. – Le undici e mezzo. Forse dovremmo avvertire Oberwalder. Non mi va di rischiare.

– Ma comandante, – disse il tenente, – potremmo metterlo in difficoltà. Se fosse in compagnia di qualcuno? Non crede che un prete con radio al seguito attirerebbe l'attenzione?

– Lui sa che in caso di emergenza lo dobbiamo avvisare in camera sua. Il rischio è limitato e comunque dobbiamo correrlo. Non me la sento di lasciarlo senza notizie. Aspettiamo ancora un po' e poi chiamiamo.

Padre Branković si alzò dall'inginocchiatoio, prese una Bibbia e l'aprí al *Libro dei Salmi*, poi recitò a voce alta un versetto:

– «La candela degli empi deve essere spenta».

Quindi prese una borsa da un armadietto, uscí nel corridoio e imboccò le scale salendo fino al tetto dell'edificio. Raggiunse il comignolo che saliva dalla stufa della camera di Oberwalder, trasse dalla borsa degli stracci e lo ostruí. Tracciò nell'aria un segno di croce:

– *Ego te absolvo*, – disse. – L'ossido di carbonio ti farà dormire subito. E per sempre.

Scese di nuovo nella sua cappella e si raccolse in preghiera davanti a un'immagine del Cristo flagellato alla colonna.

Il tenente Oberwalder si era addormentato da poco piú di mezz'ora, rilassato dal calduccio della stufa, e stava per scivolare senza dolore dal sonno alla morte. Ma un attimo prima, irruppe una voce.

– Drago chiama Austria felix, Drago chiama Austria felix, rispondi, passo.

Oberwalder non riuscí ad agganciare che una parte delle parole, ma si rese conto che lo scuotevano da qualcosa di molto piú profondo e greve del sonno. Scattò allora nel suo cervello un segnale d'allarme, prima flebile, appena percettibile, poi piú forte, sempre piú forte.

– Drago, chiama Austria felix. Drago chiama Austria. Rispondi. Passo.

Aprí gli occhi e tentò di alzarsi, ma un dolore acuto, penetrante gli lacerò il cervello. Si lasciò andare sul pavimento. Sentiva il fiato mozzo e le tempie che gli martellavano furiosamente. Capí e si trascinò con le ultime energie alla finestra. L'aprí con uno sforzo enorme. Un'onda di aria gelata e pura gli sferzò i polmoni e lo riportò alla vita.

– Drago chiama Austria felix, passo.

Prese il microfono e azionò lo scambio: – Qui Austria felix. Grazie, Drago. Sono vivo per miracolo.

– Bene, – disse dall'altra parte la voce del colonnello Reggiani. – Ma adesso rientra subito. È un ordine.

– Facile a dirsi, – rispose Oberwalder. – Ma come faccio? Qui siamo isolati dal mondo. Il primo villaggio è a otto chilometri.

– Come si chiama il villaggio?

– Grünwald.

– Parti subito. Io cercherò di fare in modo che ci sia qualcuno ad aspettarti laggiú. Di fianco al cimitero. Va bene?

– Va bene, comandante. Spero solo di arrivarci vivo. Se qui scoprono che non sono morto, cercheranno di rimediare all'errore.

– È per questo che devi partire immediatamente. Non hai un minuto da perdere.

Oberwalder si vestí. Prese dalla valigia uno zaino. Vi mise la radio, un po' di cibo, una bottiglia di Schnapps, poi uscí con cautela all'aperto e si mise in marcia nella neve alta.

Marciò per ore finché vide, in lontananza, il campanile di Grünwald con l'orologio illuminato. Da una parte, verso valle, il recinto del cimitero con le fiammelle votive che ardevano all'interno. Procedette piú in fretta, poi scorse il lampeggiare di due fari d'automobile presso il muro di cinta. Era salvo.

Ciò che accadde in seguito alla scomparsa di Oberwalder dall'eremo di Sankt Ulrich fu la prova certa che padre Branković era collegato a Vlad Bozan e Ivan Ružić. Ogni contatto fu sospeso, ogni movimento congelato. I due trascorrevano le giornate in albergo. Ružić andava a vedere qualche film a luci rosse, Bozan girava in macchina senza meta.

Oberwalder riferí al colonnello Reggiani tutto quello che era riuscito a vedere e gli consegnò numerose fotografie, alcune delle quali ritraevano il personaggio venuto a trovare padre Branković e che risultò essere l'alto ufficiale del costituendo esercito croato già identificato a suo tempo nel video, nemico giurato di Slodoban Stanić, l'aguzzino dell'anziano prelato.

– Prima chiudiamo questa storia e meglio è, – disse il colonnello Reggiani. – Noi siamo solo un piccolo nucleo operativo, non abbiamo la forza per muovere pedine su questo tipo di scacchiera.

Passò ancora del tempo senza che nulla accadesse. Due settimane dopo, il capitano Alfieri ricevette una segnalazione per recarsi, alle solite condizioni, a un nuovo appuntamento. Ma questa volta manifestò la volontà di concludere o di lasciare.

– Sono stanco di questa storia, – disse. – Se mi garantite la merce, porto il denaro e la facciamo finita. Altrimenti me ne vado e non mi vedete piú.

I suoi interlocutori assentirono. Non erano Vlad Bozan e Ivan Ružić, ma tre personaggi mai visti prima. Riuscí a combinare l'incontro per la notte, in modo da farsi seguire dal cielo da un elicottero. Aveva avuto istruzioni di seguire una station wagon e cosí fece, ma ogni volta che si trovava al riparo di una curva faceva partire una luce stroboscopica nascosta sul tetto della vettura. Finalmente la station wagon si fermò davanti a un casolare abbandonato e Alfieri poté vedere la merce. C'era tutto: la pisside di Gimel-le-Corrèze, le formelle di Sankt Lambrecht e di Batalha e le altre sculture. Versò la caparra e quelli gli consegnarono una parte del carico. Si sarebbero fatti vivi in seguito per consegnare il resto, quando lui avesse avuto tutto il denaro.

– Va bene, – disse Alfieri. – Ma non piú tardi di una settimana. Non posso piú aspettare.

Si separarono, e il capitano Alfieri segnalò la sua posizione all'elicottero con la luce stroboscopica.

– Eccolo laggiú, – disse il tenente Ferrario seduto a fianco del pilota. – Stavolta non ci scappano.

La station wagon, braccata dal cielo, cercò di infilarsi in un bosco, ma l'elicottero scese a bassa quota scandagliando il terreno con il potente faro di bordo. Gli occupanti non ebbero scelta. Abbandonarono la macchina fuggendo a piedi. L'elicottero atterrò e il tenente Ferrario ispezionò il carico.

– Accidenti, – disse quando ebbe illuminato l'interno dell'auto con la torcia elettrica. – C'è tutto. C'è proprio tutto –. Tornò all'elicottero e chiamò il comando: – Drago, qui è Tex Willer. Abbiamo il malloppo. Potete provvedere a fermare i due amici della pensione *Silvana*. Io qui ho convocato tutte le volanti della zona per chiudere ogni via di fuga. Li prenderemo.

Il colonnello Reggiani inviò una squadra alla pensione a bloccare Ivan Ružić e Vlad Bozan. L'operazione era finalmente conclusa.

Appena il giudice ebbe dissequestrato le opere rubate, il colonnello Reggiani provvide a farle restituire ai legittimi proprietari, ma l'ambasciatore d'Austria insistette affinché prendesse parte alla cerimonia per il reinsediamento delle opere d'arte nella chiesa di Sankt Lambrecht.

Il priore del santuario ringraziò pubblicamente gli amici delle forze italiane di repressione del crimine contro la cultura per la loro brillante operazione di recupero e, alla presenza delle autorità, ricollocò al loro posto le opere d'arte rubate.

Il tenente Oberwalder se ne stava in un angolo, in borghese, con il volto mezzo coperto da grandi occhiali scuri e dalla barba che si era fatto ricrescere. A un tratto, per un attimo, vide padre Branković. Non c'era dubbio che fosse lui. Si fermò un momento a contemplare la magnifica formella gotica con il Cristo flagellato, poi entrò in un confessionale e tirò la tendina.

Oberwalder allora attese che un paio di fedeli si fossero confessati, poi si accostò a sua volta all'inginocchiatoio.

– Da quanto tempo, figliolo? – disse la voce di padre Branković.

Oberwalder non rispose. Poi, dopo un poco disse: – Perché lo ha fatto? Perché ha cercato di farmi morire? Sono padre Messmer.

Seguí un lungo silenzio.

Poi la voce di padre Branković filtrò, sofferente, attraverso la grata del confessionale: – Ogni redenzione ha bisogno di un Giuda... Un destino crudele ha voluto scegliermi. Assolvimi, ti prego.

– Non posso, – rispose Oberwalder, – perché anch'io ti ho ingannato. Non sono un prete. Non lo sono mai stato.

Si alzò e si dileguò in mezzo alla folla dei fedeli che pregavano nel santuario.

Gli Dèi dell'impero

Il colonnello Reggiani scaraventò il giornale sul tavolo e si piazzò a braccia conserte davanti alla finestra.

– Cosí non si può andare avanti, – disse. – Il saccheggio ha ormai raggiunto limiti insostenibili. E anche la stampa ci spara addosso.

– Comandante, – disse il tenente Ferrario, – la stampa enfatizza sul fenomeno perché è di attualità mettere in rilievo tutti gli aspetti deboli delle istituzioni.

– Ma noi non siamo un aspetto debole delle istituzioni, maledizione!

– Sono d'accordo. Ma il territorio è grande, noi siamo pochi, quelli della guardia di finanza sono piú stressati di noi, il governo non ha soldi. Insomma, il morbo infuria, il pan ci manca…

– Non me ne frega niente. Bisogna dargli una lezione a quei bastardi.

– Dice a quelli del…

– Una parola in piú e ti sbatto agli arresti, Ferrario.

– Intendevo dire a quelli del traffico clandestino. Ovviamente.

– Ecco, appunto.

– Io sono agli ordini, signor colonnello. Specie se mi lascia capire quali sono i suoi intendimenti in proposito.

– Stammi a sentire, Ferrario: ieri sera mi ha chiamato il soprintendente segnalando un'emorragia di reperti archeologici. Le segnalazioni della guardia di finanza fanno rizzare i capelli. È in atto un'aggressione senza precedenti che può degenerare in una devastazione, ora che le frontiere tra i paesi della Comunità europea non esercitano piú alcun controllo.

– Giusto, comandante. Ma lei ha certo in mente qualche cosa di preciso.

– Sí, accidenti. Controlli a tappeto. Un'offensiva su tutta la linea, in località a campione. Infiltriamo gli uomini disponibili. Ne voglio uno in ogni buco. Voglio un monitoraggio diffuso nelle zone a rischio.

– Ho capito, comandante. Faccio un progetto di massima con le numerose aree colpite, un censimento dei pochi uomini disponibili e le sottopongo un piano di intervento. Diciamo... fra tre o quattro giorni.

– Domani sera.

Il tenente Ferrario sospirò: – Domani sera, comandante.

– Cosí va bene. Puoi andare, ora. Immagino che tu abbia da fare.

Il tenente Ferrario fece per uscire, poi si girò verso il superiore: – Dimenticavo, comandante. Questa mattina è passata una bella signora, molto elegante, che la cercava.

– E ti ha detto anche di riferirmi i tuoi personali apprezzamenti?

Il tenente Ferrario alzò gli occhi al cielo: – Gesú, – disse, batté i tacchi e se ne andò.

Il canto dei grilli fu sovrastato dal rombo di un diesel. Due fari squarciarono la notte, il mezzo ruotò sui cingoli e si avviò sferragliando nella campagna deserta. Avanzò per quasi un chilometro lungo un viottolo vicinale fino a un crocicchio dove una luce oscillava su e giú. Il mezzo si fermò e l'uomo che impugnava la lampada si avvicinò illuminando la cabina di guida.

– Ruspa, sei tu?

– Sono io. Dài, muoviamoci. Vai avanti tu con il furgone, io ti vengo dietro.

L'uomo salí sul camioncino che stava parcheggiato poco distante, mise in moto e partí, imboccando poco dopo un viottolo che si dipartiva sulla sua destra.

Ruspa tirò la leva di destra e sterzò sollevando una nube di polvere, poi si diresse a velocità sostenuta sulla scia della sua guida. Procedettero per una ventina di minuti, finché il furgone si fermò e il conducente scese.

– Eccoci, – disse. – Siamo arrivati.

Uscirono da un capanno di canne e frasche due altri uomini con pale, picconi e un cavo d'acciaio arrotolato. Ruspa scese dal mezzo e gettò uno sguardo sull'area illuminata dal raggio di luce dei fari. L'uomo che era salito con lui indicò un punto in cui si apriva una specie di inghiottitoio.

– È lí sotto, – disse. – Il contadino stava scavando le buche per i pali della vigna e a un certo punto ha visto che il terreno franava. C'era vuoto, sotto, pezzi di muro, resti di un'abitazione, si direbbe. Ci siamo calati giú e l'abbiamo vista. È a circa sette metri di profondità.

– Sette metri? Accidenti, non me l'avevano detto. Non so se ci basta il tempo. Le notti non sono piú tanto lunghe.

– Per questo il Finotti ha voluto te. Non sei te il mago della pala? O ti chiamano Ruspa per niente?

– Ho capito. Fatevi in là, ché ci penso io.

Risalí sul mezzo, diede gas e si girò di trecentosessanta gradi abbassando la pala. Voleva prima splateare per poter scendere alla quota desiderata con il cucchiaio. La pala s'impuntò contro un muro poderoso, e Ruspa dovette scendere sacramentando per smontare il cucchiaio e montare il percussore pneumatico. Sotto i colpi dell'enorme martello, l'antico muro andò in pezzi, si sbriciolò. Frammenti di antiche figure affrescate schizzarono da tutte le parti: ali d'uccelli, volti delicati di fanciulle, putti alati, festoni di fiori. La macchina massacrava l'intera struttura che ancora proteggeva il tesoro. Quando il muro fu distrutto, la pala rientrò in azione rimuovendo terriccio e calcinacci fino al livello di un secondo pavimento. Stavolta il martello infierí su un'elegante decorazione musiva, spandendo ovunque tessere bianche e nere che un tempo componevano rigorose geometrie di volute e di racemi, di meandri, svastiche e losanghe.

Ruspa arretrò di qualche metro per creare una rampa di discesa, imbottí la voragine con i resti delle sue distruzioni e scese alla quota desiderata. Da quel punto in poi il braccio aveva sufficiente lunghezza per raggiungere il tesoro nascosto.

– Attento adesso! – gli disse l'uomo con la torcia. – Quando incontri una tanica di plastica rossa sei a mezzo metro dall'obiettivo. L'abbiamo sistemata noi come segnale.

Ruspa inclinò il cucchiaio in modo che la lama fosse perpendicolare al piano del terreno e cominciò a raschiare, pochi centimetri per volta, finché vide apparire la tanica rossa. Tolse il piede dall'acceleratore e lasciò che il grosso diesel ronfasse al minimo. Scese a terra con un balzo.

– Io mi fermo qui, – disse, – non voglio fare danni. Non ci si vede un accidenti, c'è troppa polvere. Adesso andate avanti voi con le pale a mano.

I due del capanno annuirono e scesero nella buca, rimuovendo terriccio con una piccozza da muratore. Conoscevano bene la tecnica. Apparve prima una testa virile, al centro, con una cascata di riccioli fluenti, una barba maestosa che incorniciava un volto severo e imponente; poi un'altra, coperta da un elmo corinzio che sovrastava il viso duro, eppure delicato, di una vergine guerriera. Da ultimo apparvero le fattezze solenni, regali e al tempo stesso soavi di una sposa divina, a fianco degli altri personaggi.

Uno degli uomini ripulí intorno con uno scopino, mentre l'altro continuava a togliere la terra circostante prima con la pala e poi con la cazzuola da muratore. Man mano che il tempo passava, emergeva dal suolo e dalla polvere un gruppo statuario di marmo bianco che rappresentava tre divinità assise in trono.

– Giove, Minerva e Giunone, – disse uno degli uomini. – Sono dèi degli antichi Romani.

– E quanto valgono, secondo te? – disse l'altro.

– Non lo so. Un sacco di soldi, credo. Capace che costano cento milioni... anche di piú.

– Dài, sbrigatevi, – disse Ruspa, – ché qui fra un paio d'ore ci si vede.

I due circondarono la base con dei cunei e fecero leva per staccarla dal fondo, poi passarono un cavo sotto e tutto attorno alla scultura, la imbragarono e l'attaccarono al gancio del braccio idraulico.

– Issa, ora, dài!

Ruspa azionò il braccio, le corde si tesero e subito si udí uno schianto secco. Uno degli uomini fece segno di fermare tutto. Ruspa mise al minimo e il grande gruppo statuario rimase sospeso a mezz'aria, ruotando lentamente su sé stesso.

– Che cazzo avete combinato? – disse Ruspa scendendo dalla cabina.

– Non so, s'è sentito un rumore secco, – disse uno degli uomini. – Mi sa che s'è rotto qualcosa.

– E si capisce che si è rotto qualcosa. Guarda che roba. Non vedi che l'imbragatura è squilibrata in avanti? Appena la corda s'è tesa, ha fatto pressione qui sullo schienale e l'ha spaccato.

– Siete fortunati che è un particolare di scarso valore, – disse l'uomo con la torcia elettrica, – se no il Finotti vi pelava vivi.

Fece calare il gruppo, staccò il pezzo di schienale del trono che si era rotto e lo mise da parte. Ma non si accorse che l'imbragatura, tendendosi, aveva rotto anche un pezzo del braccio della statua di Minerva. Un piccolo segmento che cadde a terra confondendosi fra gli altri rottami.

Ci volle ancora mezz'ora per risistemare l'imbragatura, poi, finalmente, Ruspa sollevò di nuovo il gruppo e l'appoggiò delicatamente sul cassone del camioncino.

L'uomo con la torcia elettrica disse: – A posto. Domani sera torni qua e ricopri per bene. Adesso sta per farsi giorno ed è meglio che te ne vai. Per il vostro avere passerà il Finotti verso la fine della settimana.

– Va bene, va bene, – disse Ruspa. – Col Finotti lo sappiamo che non c'è problema.

Caricò il martello, ripiegò la pala e il cucchiaio e ripartí.

Il maresciallo Loporto diede un colpo con il gomito all'autista.

– Accosta un momento, – disse. – Guarda un po' laggiú.

Caruso accostò e gettò uno sguardo verso la valle buia: si vedevano due fari che procedevano a velocità sostenuta, e dietro, a notevole distanza, altri due che invece avanzavano molto lentamente. Loporto prese il binocolo: – Un camioncino e una ruspa… Che ci fanno a quest'ora in giro da quelle parti?

– Mah, – disse il brigadiere alla guida. – Forse qualche lavoro di campagna.

– Eh, no. In campagna ci si va con il trattore o con il carro. E poi laggiú c'è solo del frumento… No, è una faccenda che mi puzza. Andiamo a dare un'occhiata. Vedi se si può scendere.

L'autista cercò per qualche tempo uno stradello che portasse verso la valle. Finalmente, dopo lungo girovagare, riuscí a entrare in un cortile privato e di là a chiedere il permesso di proseguire per una capezzagna fin quasi al luogo che avevano osservato dall'alto. Intanto il sole stava sorgendo e illuminava gradualmente tutta la valle. Si cominciava a udire il chioccolio dei merli e il canto delle allodole. Caruso e Loporto chiusero la macchina e continuarono a piedi.

– Mi fa venire in mente quando andavamo nei campi con mio papà, in Sicilia, da piccolo, – disse Loporto, – si partiva prima dell'alba. Ci portavamo un fagotto con un pezzo di pane, un po' di formaggio e un fiaschetto di vino. Si sentiva il profumo delle zagare, dei gelsomini...

– Già, – disse Caruso. – Anche a me piaceva lavorare in campagna. Ma nel campo mio non cresceva gran che. C'era da rompersi la schiena per quattro soldi.

Erano ormai arrivati in un punto dove erano evidenti le tracce di pesanti lavori di movimento terra. Caruso s'inginocchiò e raccolse un po' di frammenti.

– Accidenti, guarda qui... tessere di mosaico... frammenti di affresco... hanno fatto un macello, quei bastardi.

Loporto si mise a ispezionare il terreno in un altro punto. Si chinò, raccolse qualcosa: – Ehi, e questo cos'è?

Caruso si avvicinò.

– Marmo. E guarda qui, la rottura è fresca.

– Già, ma cos'è secondo te?

– Non so... sembrerebbe un pezzo di una statua. Un braccio, forse.

– Direi di portarcelo al comando. Tu intanto butta giú qualche fotografia, ché non fa mai male.

Sulla via del rientro si fermarono nel vicino paese di Guidonia, un borgo a venti chilometri da Roma. Si sedettero a un caffè che aveva appena aperto e ordinarono il cappuccino con un po' di paste fresche di forno.

– Sono di Roma, loro? – chiese il barista.

– Sí, – fece Loporto, – ma ci siamo comprati un casale qui in campagna e ce lo stiamo sistemando. Questo qua è mio cognato, il signor Tosi.

– Piacere, – disse il barista appoggiando sul tavolo il vassoio con le paste.

– Anzi, – riprese Loporto, – forse questo signore ci può aiutare a trovare qualcuno che ci spiani il cortile e ci sposti un po' di rottami. Un ruspista bravo, da queste parti, lo conosce?

– Altro che, – disse il barista. – C'è il Baratta che è un vero dio della pala. Pensi che lo chiamano Ruspa. Piú di cosí.

– Ah, benissimo, – disse Caruso. – Siamo proprio fortunati. E come lo troviamo questo signore?

– Ma sull'elenco del telefono, amico mio. Baratta Armando, macchine movimento terra. Che uno pensa che ce n'abbia dieci o venti di macchine, e invece ce n'ha solo una e anche a debito. Che mi pare che sta ancora a pagare le cambiali. E cosí se lo chiamate a farvi un lavoro si precipita. Eh, ha voluto mettersi in proprio, fare il padroncino. E io gli dico: «L'hai voluta la bicicletta? E allora pedala». Ma, insomma, si dice cosí per dire, per far quattro risate.

– Si capisce, – disse Loporto. – Grazie tante. Ci vediamo presto.

Pagarono il conto e si rimisero in viaggio.

Quando vide il pezzo recuperato, il tenente Ferrario volle che lo vedesse anche il colonnello.

– Che cosa gliene pare, comandante?

– È un marmo a grossi cristalli, fratturato di fresco, non c'è dubbio. E apparteneva certamente a una statua. Si direbbe un pezzo di avambraccio. Comunque fallo esaminare dalla dottoressa della soprintendenza: è meglio stare nel sicuro.

– Molto bene, comandante. Io intanto pensavo di stringere sul ruspista per vedere se riusciamo a incastrarlo e a cavarne qualcosa di interessante.

– Sí, credo anch'io che sia la prima cosa da fare finché il danno è fresco.

– Le farò sapere, comandante.

Loporto e Caruso furono rispediti a Guidonia, dove si fecero vedere nel fine-settimana affaccendati nelle vicinanze di un rustico che il tenente Ferrario aveva affittato. Il lunedí successivo fecero arrivare il Baratta con il suo mezzo da scavo.

Dopo che ebbe fatto un po' di passaggi per pareggiare il cortile, e dopo che ebbe scavato una mezza dozzina di buche in cui sistemare delle piante, Caruso lo invitò dentro ad assaggiare un salame e a bere una bottiglia.

– Lo sa, – disse Loporto, – che l'altra mattina mi sono alzato perché sentivo dei rumori nel pollaio e l'ho vista rientrare dalla valle del Bove: ho sentito dire che ci sono cave di ghiaia da quelle parti. Sa, noi lavoriamo nel settore dell'edilizia e ci interesserebbe trovare una buona cava da sfruttare.

– Già, – intervenne Caruso. – Purtroppo con queste nuove leggi non si può piú cavare ghiaia nei fiumi.

Il Baratta ebbe un attimo di incertezza:

– Ah, no, – disse. – Ero andato a prendere la macchina perché l'avevo lasciata in campagna. Ero rimasto senza nafta. No, non ce n'è di ghiaia da quelle parti. Mi avevano chiamato per fare delle buche per i pali di una vigna.

Caruso fece un cenno d'intesa al collega. Dunque era proprio lui che andava in giro quella mattina con la ruspa nella valle del Bove. Tanto valeva andar giú di brutto. Loporto annuí e gli fece cenno che se ne sarebbe occupato lui.

– Amico mio, – disse, – il fatto è che noi lo sappiamo benissimo che cosa sei andato a fare nella valle del Bove. Non siamo arrivati in tempo, ma abbiamo visto abbastanza –. L'uomo impallidí. – Avete tirato fuori una statua, non è cosí?

– Ma voi che volete da me? – riuscí a dire il Baratta.

– Solo che racconti per filo e per segno tutto quello che è successo. Siamo due carabinieri e ti stiamo dando la caccia da un po'. Insomma, vedi tu. Se parli forse puoi a salvare le chiappe. Se invece vuoi fare il furbo... Be', allora, sei fottuto.

– Maledetti sbirri! – imprecò il Baratta sentendosi incastrato.

– Ah, ah! Anche oltraggio a pubblico ufficiale. Andiamo bene.

Caruso scosse la testa: – Mi pare che manca solo resistenza all'arresto e siamo a piombo, giusto?

– Giusto, – fece Loporto. – Allora, che cosa decidi?

– Ma se parlo, chi mi garantisce che...

– Che domande, noi! Garantiamo noi. Perché, non ti fidi? Padronissimo, bello mio. Tanto per cominciare, ti sequestriamo la ruspa per scavo abusivo e clandestino.

Baratta si arrese. Non poteva sopportare l'idea di essere privato del suo mezzo meccanico. Avrebbe piuttosto sopportato di separarsi da un figlio, se ne avesse avuto uno.

– Va bene, – disse alla fine. – Va bene, parlo.

Il colonnello Reggiani batté un pugno sul tavolo facendo traballare tutto quello che c'era sopra.

– Maledizione! Siamo arrivati tardi. E adesso ci sarà da divertirsi a riportarlo a casa.

– Non è poi detto, comandante, – disse il tenente Ferrario. – Non è poi detto. Qualche traccia importante ce l'abbiamo. Intanto guardi qua, i ragazzi del reparto grafico hanno realizzato una specie di identikit del gruppo statuario sulla base della descrizione del Baratta, detto anche Ruspa per via della sua abilità di scavatore.

– Accidenti, ma che roba è?

– La descrizione era sommaria e lo stesso Baratta non ha osservato tanto bene il manufatto. C'era buio, polvere, insomma, bisogna prenderla come indicazione di massima.

Il colonnello Reggiani scosse la testa: – L'ha fatto vedere alla dottoressa della soprintendenza?

– Sí.

– E che ha detto?

– A dire la verità c'è rimasta di stucco. Ha detto che una cosa simile non s'era mai vista e che non ci sono termini di paragone. In ogni caso, considerando che la descrizione del Baratta non è accurata e nemmeno competente, lei è dell'avviso che ci troviamo di fronte all'unica rappresentazione esistente della Triade Capitolina. In altri termini, degli dèi ufficiali dell'Impero romano.

Il colonnello Reggiani tirò un profondo respiro e si accese una sigaretta: – Oh, Cristo, – disse. – Allora, – riprese a dire dopo un po', – dobbiamo scoprire dove sta l'opera, se è già stata acquistata, se è ancora a Musson-La Cure, dove ce l'hanno segnalata... Insomma tutto. Poi agiremo. Ferrario, tu coordini questa fase e ti fiondi sul posto appena sai qualcosa. Avverto io le autorità locali. Non vorrei che ti sbattessero dentro.

– Sono capaci di questo e altro, – disse il tenente Ferrario, – ma ormai ci sono abituato. Dorma fra due guanciali, comandante.

Il colonnello Reggiani sospirò: «Speriamo bene», disse fra sé e sé. Poi, mentre il tenente stava per uscire, lo richiamò: – Ferrario.

– Agli ordini, comandante.

– Cosa ne pensi dell'ipotesi della dottoressa?

– Per me ci azzecca.

– Allora tienti in mente che può succedere di tutto. Ti rendi conto che questi sono gli dèi protettori dell'Impero romano? Non è solo un pezzo d'arte. È il simbolo del piú grande potere mai esistito al mondo. Può attirare fanatici, avventurieri, esaltati... Capisci cosa intendo?

Ferrario annuí: – Già... – disse. – Temo che lei abbia ragione.

– E poi... e poi, in un momento cosí difficile per il paese, con la gente cosí disorientata... riportare a casa un simbolo cosí grande dello stato potrebbe essere quasi un augurio, che so... un'iniezione di coraggio, di fiducia, capisci? – Il colonnello Reggiani mutò espressione, il suo sguardo si fece duro, poi piantò l'indice in mezzo alla scrivania, come un chiodo: – Voglio quelle statue qui. Subito. Siamo intesi?

Ferrario annuí: – Siamo intesi, comandante, ma mi servono uomini, e parecchi.

– Prendi quelli che ti servono, – disse il colonnello Reggiani, – ma riporta a casa gli dèi di Roma.

Una nebbiolina leggera saliva sul far della sera dal lago, mentre le vie di Musson-La Cure si animavano di luci e gente a passeggio. La temperatura era mite e sul lungolago fiorivano le grandi macchie d'oro delle giunchiglie, le aiuole rosse e bianche di tulipani e di nasturzi. Un uomo sulla quarantina, in grisaglia e con in mano una ventiquattrore in cuoio scuro, scese da un taxi ed entrò in un elegante bar del corso. Si sedette a un tavolo in un angolo in ombra, ordinò una tazza di caffè e si mise a scorrere una copia del «Financial Times».

Non passò molto tempo che entrò un altro uomo vestito di scuro e con un impermeabile leggero di cotone. Gli si avvicinò e gli disse, in inglese: – Sono l'inviato del signor Rocchi. Mi incarica di dirle che la merce è a sua disposizione e che può vederla.

– Quando?

– Anche oggi, se vuole. Anche subito.

– Va bene. Subito, allora.

– Come desidera –. Appoggiò sul tavolo un biglietto. – Qui c'è scritto l'indirizzo. Si faccia accompagnare in taxi. Io la raggiungerò piú tardi. È meglio che non ci facciamo vedere insieme.

L'uomo in grisaglia prese il biglietto, uscí sul marciapiede e chiamò un taxi. Ma appena fu partito, un'auto parcheggiata poco distante si mise in moto.

– Io gli vado dietro, – disse il tenente Ferrario al capitano Alfieri. – Il tirapiedi di Rocchi gli ha parlato, è meglio non mollarlo.

Il capitano Alfieri entrò nel bar per sorvegliare l'altro uomo, che stava sorbendo una tazza di caffè. Appena lo vide alzarsi e andarsene, estrasse di tasca un cellulare e formò un numero:

– Sono zio Dante, – disse, – sono a piedi. Puoi venire a prendermi?

– Salve, zio Dante, – rispose la voce del tenente Oberwalder. – Sono da te fra un attimo.

Il capitano Alfieri si incamminò lungo il marciapiede senza perdere d'occhio il suo uomo. Dopo un poco lo vide raggiungere una macchina e partire. Una Fiat Tempra bianca si affiancò al marciapiede con lo sportello di destra aperto:

– Serve un passaggio? – disse la voce di Oberwalder. Alfieri montò e richiuse la portiera.

– Non perdere quella Citroën metallizzata che sta girando a destra. Se tutto va bene, li teniamo.

Il tenente Ferrario fermò l'Alfa 155 nei pressi di un'elegante villetta della periferia della città, ma non poté avvicinarsi ulteriormente. L'uomo che stava seguendo era sceso dal taxi e si era avvicinato al cancello chiuso suonando il campanello. Un paio di minuti dopo, un cameriere in giacca scura e guanti bianchi era venuto ad accogliere l'ospite e gli aveva poi fatto strada lungo il vialetto di ghiaia fino all'ingresso della villa.

Ferrario chiamò allora il capitano Alfieri: – Zio Dante, buongiorno, sono Marco. Il mio amico mi ha piantato in asso ed è entrato da una porta da cui non posso entrare. Se tu hai qualcuno che può condurti dentro, meglio per te. Mi spiego?

– Ti spieghi molto bene, caro nipote, – rispose il capitano Alfieri. – Vedrò cosa posso fare –. Poi si rivolse a Oberwalder, che cercava di non perdere il contatto con la macchina che stava seguendo. – Evidentemente il nostro uomo è entrato in una casa isolata e Ferrario non può avvicinarsi piú di tanto senza essere scoperto. Dobbiamo tentare noi, se ci è possibile.

La Citroën arrivò nei pressi della villa, ma non si fermò davanti al cancello; girò attorno e parcheggiò davanti a un accesso secondario nella parte posteriore.

– Fermati, – disse il capitano Alfieri. – Vedo se riesco a infilarmi dentro.

Oberwalder si fermò dietro un grosso platano del viale e il capitano Alfieri scivolò da pianta a pianta fino all'ingresso. Si appiattí contro il muro, si sporse a guardare nell'interno: l'uomo scaricava dal baule della macchina un paio di casse e le sistemava in una cameretta laterale. Approfittando del momento in cui gli voltava le spalle, Alfieri entrò e si nascose dietro un furgoncino a fianco dell'auto. L'uomo tornò alla porta, la richiuse con il chiavistello e poi salí le scale che conducevano al piano di sopra. Alfieri lo seguí. Indossava scarpe da ginnastica e si muoveva senza fare il minimo rumore. La casa sembrava deserta. Solo un gatto gli attraversò la strada mentre percorreva un corridoio e raggiungeva la porta dietro la quale era appena scomparso il suo uomo.

Accostò l'orecchio al muro.

– Mister Walker, – diceva una voce, – io ho pagato una cifra enorme per avere questo straordinario gruppo marmoreo. Il suo valore è inestimabile. È l'unica riproduzione della Triade Capitolina giunta fino a noi. Pensi inoltre ai rischi che abbiamo affrontato per farla arrivare fin qui dall'Italia. Noi abbiamo già una grossa offerta da un collezionista inglese, un'offerta dell'ordine di milioni di sterline.

– Quel pezzo è nostro, – disse un'altra voce. – Non facciamo questione di prezzo. Ma il pezzo è nostro. Capisce?

– Sí, ma...
– Venti milioni di dollari.
– Venti... milioni?
– Venti milioni.
– In tal caso.
– Mi dica dove e come vuole accreditata la somma. Abbiamo fretta.

Il capitano Alfieri ne sapeva abbastanza. Andò verso le scale e scese fino al garage. Mentre apriva il portone, una mano gli si piantò su una spalla:

– Chi sei? Che ci fai qui?

Alfieri si voltò e vide un uomo dalla corporatura massiccia, vestito con un giubbotto di pelle, che lo teneva sotto tiro con una pistola.

– Girati, – disse l'uomo. – Andiamo su. Credo che qualcuno sarà felice di farti qualche altra domanda.

«Maledizione», imprecò fra sé Alfieri mentre tornava sui suoi passi e cominciava a salire le scale. Ma non ebbe fatto che pochi gradini che udí un grosso tonfo alle spalle. Si voltò. Vide l'uomo rotolare in basso, e il tenente Ferrario appoggiato al muro con in mano una mazza da golf.

– L'ho trovata vicino al furgone, – disse. – C'è un po' di tutto in questo garage: palline da ping pong, sci, racchette da tennis. Dev'essere gente che pratica molto sport.

Il capitano Alfieri scese in gran fretta le scale:

– Andiamocene, presto, prima che capiti qualche altro rompiscatole.

Raggiunsero le auto e si allontanarono in fretta.

Quella sera stessa il tenente Ferrario chiamò il colonnello Reggiani.

– Comandante, – disse, – il capitano Alfieri ha fatto un bel colpo. È entrato in casa dell'antiquario Rocchi e l'ha sentito contrattare con un compratore. In questo momento lo sta tenendo d'occhio per vedere che cosa combina.

– E le statue? – chiese il colonnello.

– Sono ancora lí, evidentemente. Sembra che Rocchi le abbia comprate da Finotti pagandole, in contanti, tre miliardi. Ma adesso c'è un americano che è disposto a scucire venti milioni di dollari.

– Venti milioni? Stai scherzando!

– Non scherzo, comandante: qui bisogna darsi una mossa, e alla svelta.

Seguí un lungo silenzio, poi la voce del colonnello Reggiani risuonò nuovamente, perentoria:

– Va bene. Voi non perdeteli di vista. Bisogna fargli terra bruciata intorno. Devono sapere che sappiamo tutto e che li teniamo sotto tiro. Domani convoco una conferenza stampa.

– Una conferenza stampa, comandante?

– Esattamente. Presenterò il disegno.

– Ma è bruttarello e forse nemmeno tanto fedele. Ruspa e i suoi non sono propriamente degli storici dell'arte classica.

– Me ne frego. A questo punto dobbiamo fare un po' di chiasso, cosí obbligheremo anche le autorità locali a darsi una mossa: non potranno far finta di niente, e inoltre Rocchi si sentirà chiuso nell'angolo. Deve rendersi conto che la caccia alla volpe è cominciata.

– Ccomandante, mi pare che ci siamo.

– Già. Ah, Ferrario.

– Dica, comandante.

– L'americano. Voglio una foto, appena possibile. Diciamo subito. Fategli un bel ritratto.

– Ci proveremo, comandante.

Al San Michele c'era il pubblico delle grandi occasioni: bella gente, giornalisti di tutte le testate, televisione. Il colonnello Reggiani indossava l'uniforme con il fregio d'argento sul bavero e mezza spanna quadrata di nastrini sul petto. C'era anche Teresa, seduta in prima fila con il suo accompagnatore fisso, un giovane laureato in Scienze politiche e ricercatore universitario. A fianco di Reggiani stavano seduti il soprintendente e la dottoressa della soprintendenza, l'ispettrice Alessandra Ravelli, visibilmente nervosa. Dopo che il colonnello ebbe dato notizia dettagliata sia del furto sia della paziente opera investigativa che aveva condotto all'identificazione del ricettatore, la dottoressa passò alla descrizione del manufatto cosí come appariva dal disegno. Si arrampicò sugli specchi cercando di spiegare come mai Giunone avesse un'aquila in testa e cosa ci facesse un'oca tra i piedi di Giove: – Forse si tratta di un riferimento alle oche capitoline che sventarono l'assalto dei Galli nel 390 a.C.

Ma ai giornalisti interessava lo scoop. Prima di sera tutte le redazioni dei principali quotidiani erano già in macchina con la notizia. Il ministro in persona chiamò il colonnello per congratularsi.

– Stiamo facendo del nostro meglio, eccellenza, – rispose compitamente Reggiani. – Spero di poterle dare presto notizie ancora migliori.

– Colonnello, questa scultura riveste un valore non solo artistico e archeologico. La riporti in Italia, per favore.

«Ci può scommettere», stava per dire, ma rispose: – Ci conti, eccellenza. La terrò informata.

Quella sera stessa arrivò la telefoto dell'americano. Ferrario aveva scattato diverse istantanee con il teleobiettivo. Un buon lavoro. Reggiani fece un paio di telefonate, poi le infilò in una cartella, scese in fretta in strada e si allontanò in automobile. Aveva un appuntamento importante. A Forte Braschi.

Si rese conto che era atteso non appena scese dall'auto. Un sottufficiale lo condusse subito al piano superiore fino a un ufficio elegante, arredato con mobili moderni.

– Il generale Quadri arriverà fra un minuto, – disse, e si allontanò.

Reggiani estrasse le foto dalla cartella e cominciò a osservarle una per una mentre aspettava. Gli sembrava di conoscerla quella faccia, ma aveva dei dubbi, e il generale Quadri era l'unico che potesse confermare o smentire. Udí poco dopo la sua voce dietro le spalle:

– Come stai, vecchio filibustiere?

– Sto bene, generale. E tu?

– Non mi lamento. Anche perché è proibito. Allora, qual buon vento ti porta da queste parti? Sono secoli che non ti fai vivo.

– Senti, Quadri, avrai letto sui giornali della nostra conferenza stampa sul furto di quel gruppo statuario.

– Certo che l'ho letto, ma sapevo, comunque, che qualcosa di grosso bolliva in pentola. Che succede, hai bisogno di noi?

– Ho bisogno di te.

– Sputa il rospo.

Reggiani sparse sul tavolino da fumo le foto che gli aveva inviato il tenente Ferrario.

– Io credo che tu lo conosca, questo signore.

Il generale Quadri aggrottò le sopracciglia. Osservò le fotografie, poi volse lo sguardo al suo interlocutore. Il colonnello Reggiani notò che minuscole gocce di sudore gli imperlavano la fronte.

– Dov'è? – chiese.

– A Musson-La Cure, almeno fino a ieri.

– E che cosa ha a che fare con voi?

– Sta trattando il gruppo statuario. Per venti milioni di dollari.

– Vuoi un consiglio?

– Sono qui per questo.

– Stagli alla larga.

– Quindi lo conosci.

Il generale annuí: – Per questo ti consiglio di lasciarlo perdere.

– Stai scherzando. Dovrei permettergli di portare via la Triade Capitolina?

– Stammi a sentire, – proseguí il generale Quadri, – quell'uomo non scende mai in pista se non in casi di necessità assoluta. E dubito che l'acquisizione di un pezzo d'arte sia un caso di assoluta necessità.

– Allora perché lo vuole?

– Non lo so. Evidentemente c'è qualcosa in quelle statue che interessa a qualcuno molto in alto.

– Un museo?

Quadri sorrise e scosse la testa: – Non è il tipo che lavora per un museo. Questo te lo posso assicurare. Io penso al significato di quelle statue e ai tanti fanatici che esistono al mondo. Maniaci, dittatori… ma chissà, forse anche leader insospettabili, rispettabili, persino amici. Gente che farebbe carte false per possedere un simbolo di quella forza. Il mondo è molto peggio di quello che sembra, amico mio.

– Senti, ti ringrazio, ma io non mi posso fermare.

– Capisco. Comunque ricordati che ti fai un nemico molto pericoloso.

– Me lo ricorderò. Grazie comunque.

– Figurati, è stato un piacere.

Appena il colonnello Reggiani fu uscito, il generale Quadri azionò il pulsante dell'interfono.

– Caselli, sei tu?

– Sí, comandante.

– Vieni subito nel mio ufficio. Ci sono guai in vista. E grossi.

Il fax del commissario Gérard non lasciava dubbi: le autorità erano disposte a collaborare ma non potevano effettuare un sequestro senza prove. E di prove non ce n'erano. Il signor Rocchi aveva fatto l'acquisto in buona fede e aveva investito una somma ingente. Non si poteva chiedergli di rinunciarvi senza che vi fossero le prove della provenienza dall'Italia.

«Le prove, eh? Te le dò io le prove», disse fra sé il colonnello Reggiani. Aprí il cassetto della scrivania ed estrasse il pezzo di marmo che Caruso e Loporto avevano preso alla valle del Bove. Lo mise in una borsa, poi formò un numero al telefono.

– Lavinia? Sono io.

– Ah, finalmente. Sono secoli che non ti vedo. Ci vediamo stasera?

– Ecco, appunto. Volevo dirti che devo partire subito per la Svizzera. Ma se vieni a prendermi all'aeroporto, sarò di ritorno posdomani con il volo Swissair delle diciassette.

– Ci sarò. E ti terrò sequestrato per un poco.

– Me lo auguro, – disse il colonnello Reggiani. Poi scese in fretta le scale e salí sulla macchina di servizio: – A casa mia, – disse all'autista, – e poi subito all'aeroporto.

Gérard non poté tirarsi indietro quando il colonnello Reggiani appoggiò sul suo tavolo una prova di quel peso.

– E lei dice che questo è un pezzo della statua?

– Non dico: affermo, caro Gérard. Non le chiedo di fidarsi di me. Può accertarsene da solo.

Gérard allungò la mano a prendere il pezzo di marmo: – Lei non si offende se io controllo…

– Affatto. Nel nostro mestiere non ci si può fidare di nessuno. Nemmeno dei colleghi. Giusto?

Gérard arrossí leggermente ma non raccolse la provocazione.

– Se tutto è come dice lei, colonnello, faremo capire a Rocchi che non ha scelta.

– La ringrazio, – disse Reggiani, – anche a nome del mio governo.

Fece per andarsene ma Gérard si alzò e gli andò dietro: – Colonnello, aspetti.

– Dica, Gérard.

– Io di lei mi fido. È solo la prassi, capisce?

– Anch'io mi fido di lei, Gérard. Faccia quello che deve fare. Ma stia attento. Stiamo mettendo la mano dentro un vespaio.

Gérard annuí: – Credo di aver capito che cosa intende dire. Ci stiamo attenti.

Umberto Rocchi ricevette il commissario Gérard nel suo studio privato e fece servire un caffè, cercando di abbozzare dei convenevoli. Ma Gérard andava di fretta: – Dove sono le statue?

– Ma, veramente...

– Parli, Rocchi. Per il suo bene.

L'antiquario sospirò, si alzò e condusse il commissario in un'altra stanza accendendo la luce.

La Triade si stagliava contro il fondo scuro della parete illuminata da un gruppo di faretti, e il funzionario restò per un attimo a contemplarla senza batter ciglio. Poi lo sguardo gli si posò su un particolare del grandioso monumento. Estrasse dalla valigetta che portava con sé un pezzo di marmo e, sotto gli occhi stupefatti di Umberto Rocchi, si avvicinò e lo mise al suo posto. Combaciava perfettamente.

Si volse verso l'antiquario: – Temo che lei non abbia scelta. Non che io avessi dubbi, ma capisce, questo taglia la testa al toro.

Rocchi diventò pallido come un cencio: – Ma io... si rende conto di quanto...

– Di quanto ha pagato? Un sacco di soldi, certamente. Ma ha fatto male. Dovrei arrestarla per ricettazione, ma visto che lei è già stato punito adeguatamente, le eviterò la grana dell'arresto e della pubblicità negativa che gliene deriverebbe. Non le darò alcun problema se restituirà subito agli italiani il maltolto.

– Ma... ma come faccio, cosí...

– Semplice. Fa imballare questi signori di marmo in una bella cassa con tutte le precauzioni, la porta in Italia, la deposita in un luogo ben nascosto, poi telefona al numero che le darò io dicendo che vengano a prendersela.

– Ma se alla frontiera mi fermano...

– Oh, non si preoccupi di quello. Ai nostri penso io. Ai loro pensano loro. Su, non faccia quel broncio. Dovrebbe ringraziarmi, invece, per averle risparmiato guai peggiori.

– Però, però, uno di quegli italiani si è introdotto in casa mia, ha messo fuori combattimento uno dei miei uomini: questo non conta niente?

Gérard si strinse nelle spalle: – Sí, capisco. Sappiamo anche chi è, ma in questi casi è meglio lasciar perdere, mi creda. Grazie per il caffè e a buon rendere, – disse. Si abbottonò l'impermeabile che non si era mai tolto e uscí.

Il giorno successivo, il colonnello Reggiani ricevette una telefonata che gli segnalava la presenza di una cassa in un maso, in mezzo a un bosco dalle parti di Livigno. Era un lunedí. Il mercoledí successivo il gruppo statuario era esposto a Roma sotto i riflettori in una sala del San Michele, alla presenza di decine di reporter e di fotografi da tutto il mondo.

La sera stessa, alla sede del comando, il colonnello Reggiani, il capitano Alfieri e il tenente Ferrario erano seduti in poltrona a guardare i servizi del telegiornale. A un certo punto il colonnello si girò verso il capitano Alfieri:

– A proposito, – disse, – lei, Alfieri, si becca due giorni di consegna per via dell'incursione in casa di Rocchi.

– Ma come, – disse l'ufficiale, – ma se è stato Ferrario a dargli una botta in testa a quello là.

– Sí, – disse Ferrario, – ma l'ho fatto per il suo bene. Comandante, non vorrà mica mettersi a sottilizzare...

– A dire la verità ci stavo pensando. Perché, fa qualche differenza?

– Si capisce, che ne fa, – protestò il tenente Ferrario. – Tanto per cominciare, per la mia prossima licenza avrei un appuntamento a Gstaad con un'impiegata del tribunale di Musson-La Cure piuttosto carina che vuole imparare a sciare...

Entrò il maresciallo Loporto e si rivolse al comandante: – Signor colonnello, abbiamo un contatto importante per il furto del Bambinello dell'Ara Coeli... per questa sera. È in un brutto buco, al Portonaccio.

Il colonnello Reggiani si volse verso il tenente Ferrario: – Ho sentito bene, Ferrario, che hai parlato di licenza? Licenza? Quale licenza?

Il tenente Ferrario sospirò, si alzò dalla poltrona, s'infilò la fondina con la calibro 9, indossò il giubbotto di pelle nera e seguí il maresciallo Loporto come una vittima dietro il suo carnefice.

– È stato un gran bel colpo, – disse il colonnello Reggiani.

– Non male, – annuí il capitano Alfieri. – E ora tocca al Bambinello. Vado a vedere che combina Ferrario. Buonanotte, comandante.

– Buonanotte, Alfieri.

Reggiani si accese una sigaretta, poi prese la posta in arrivo e cominciò a scorrerla. Aprí per primo un biglietto di Lavinia: «Congratulazioni per il trionfo di oggi. Meriti un premio: ti aspetto domani sera nella mia casa di campagna. Mi manchi. Lavinia».

Fece per prendere il telefono e chiamarla, ma l'apparecchio si mise a squillare.

– Pronto?

– Reggiani, sei tu? Sono Quadri.

– Ah. Come stai, generale? A cosa debbo il piacere?

– Ho visto la Triade. Favolosa. Capisco perché hai voluto riportarla a casa.

– Sono contento che tu sia d'accordo.

– Già. Però non cambia nulla. Un'ora fa è sceso un signore all'*Excelsior*. E ha prenotato l'appartamento 111. Sempre quello.

– È lui?

– Sí.

Seguirono alcuni istanti di silenzio.

– Dovrei preoccuparmi? – chiese il colonnello Reggiani.

– Non so. Non credo. Comunque tu sei fuori. Ce ne occupiamo noi.

– Ti ringrazio.

– Buonanotte.

– Buonanotte, generale.

L'uomo teneva in mano un bicchiere di Jack Daniel's con ghiaccio e contemplava sotto di sé la città illuminata, le cupole che si ergevano come colli e montagne sulla distesa dei tetti, le torri e i campanili, le quadrighe in bronzo stagliate contro il cielo nero. Una città impossibile, costretta a sopravvivere in eterno, oltre i suoi limiti, oltre i suoi meriti e oltre la sua stessa anima. Morta da tanto tempo, pensava l'uomo.

Lo stereo diffondeva una sinfonia di Brahms. Su un tavolino, un computer acceso emanava un pallido chiarore nella stanza immersa in una luce soffusa. Qualcuno bussò alla porta ed egli ebbe un moto di leggera sorpresa, passò una mano sotto l'ascella, poi si abbottonò il doppiopetto grigio e andò ad aprire. C'era un uomo davanti a lui, nella semioscurità del corridoio, immobile e con le mani in tasca. Portava un impermeabile scuro e il cappello gli faceva ombra sugli occhi.

– Mi chiamo Reggiani, – disse.

Indice

Questo libro è stampato su carta contenente fibre certificate FSC®
e con fibre provenienti da altre fonti controllate.

FSC
www.fsc.org
MISTO
Carta da fonti gestite
in maniera responsabile
FSC® C115118

Stampato per conto della Casa editrice Einaudi
presso ELCOGRAF S.p.A. - Stabilimento di Cles (Tn)

C.L. 22390

Edizione							Anno			
2	3	4	5	6	7	8	2015	2016	2017	2018